当诗遇上了折纸，

美妙就诞生了。

PAPER · POEM

一张纸
玩一首诗

王淑芬　著　　　陈怡今　绘

SPM 南方出版传媒
全国优秀出版社
全国百佳图书出版单位
广东教育出版社
·广　州·

图书在版编目（CIP）数据

一张纸玩一首诗 / 王淑芬著；陈怡今绘. —广州：广东教育出版社，2020. 7
ISBN 978-7-5548-2933-2

Ⅰ. ①一… Ⅱ. ①王… ②陈… Ⅲ. ①诗歌创作—创作方法 Ⅳ. ①I052

中国版本图书馆CIP数据核字（2019）第173336号

广东省版权局著作权合同登记号
图字：19-2017-196 号

一张纸玩一首诗

YI ZHANG ZHI WAN YI SHOU SHI

作　　者：王淑芬　　插　　图：陈怡今
摄　　影：傅健伦　余俊璋　　责任编辑：林洁波　陈定天
责任技编：姚健燕　　装帧设计：三人制创　陈俐君　意童文化
出版发行：广东教育出版社
（地址：广州市环市东路472号12—15楼，邮政编码：510075）
出版社网址：http:// www.gjs.cn
经　　销：广东新华发行集团股份有限公司
印　　刷：广州市岭美文化科技有限公司
（地址：广州市荔湾区花地大道南海南工商贸易区A幢）
开　　本：710毫米×1000毫米 1/16　　印　　张：13.5
字　　数：270千字　　版次印次：2020年7月第1版　2020年7月第1次印刷
书　　号：ISBN 978-7-5548-2933-2　　定　　价：48.00元（内附2款手工纸）

玩纸来写诗

写诗如此自由、畅快又优雅，这种写作起初是为了自己、只属于自己，乃个人私密心绪的表达，难怪有人如此形容："诗人向他自己说话，被世人偷听了去。"诗当然不止如此，我很喜爱王鼎钧先生所写的一首诗："如果没有诗，吻只是碰触，画只是颜料。"它充分说明诗的灵性养分，能滋长生命并使之更富质感。

每当有机会教大小朋友写诗时，我习惯先以游戏引导，其中"模板"的游戏效果最佳。亦即提供一种模板、样式，供人仿作。比如古代有所谓的"一字诗""回文诗""啰唆诗"等，光看题名就觉得吸引人，用来模仿写诗，是不错的开始；而新诗的玩法就更多了。于是，我将可以玩的各种"模板诗"整理成平时的"诗教学"内容。

我又想到，如果将写好的诗，也很"诗意"地以创意形式展示，那就"诗中有艺、艺中有诗"了。我的做法是：先制作一个纸玩，可能是简易小书、有机关的卡片或简单折纸；然后，在做好的纸玩上，写下自己的诗。

就这样，"玩纸＋写诗"，动手又动脑，是文学也是美学；所以后来，"玩纸来写诗"亦成了我很受欢迎的演讲主题。它是文学游戏，也兼美感启蒙。在创作过程中，每个人可以独特又巧思地表达情感；完成后，还能将作品美丽呈现，分享给好朋友，十足浪漫。

本书介绍了“玩纸+写诗”的数种玩法：本书将会介绍十种纸玩及其制作方式，并根据每种纸玩的特性，搭配数种可以用其来写诗的方法。所以这本书，既是美丽的“纸艺手工书”，也是“诗的写作教学书”。乍听可能觉得奇怪，诗与纸玩，两者原本不相干吧？但诗不就是要令人惊喜吗？写好的诗，以一种富有立体感或操作乐趣的形式展示，更令人印象深刻。

因为兼具写诗教学，所以我也在书中穿插五篇以“诗的小学堂”为主题的短文，把创作诗最关键的几个要点，以本书中的诗为例，进行简要说明，希望能让大家对“到底写诗跟写其他文体有何不同”有基本概念。大家如果希望能更深度了解创作诗尤其是童诗，建议参考《金波论儿童诗》《给孩子的诗》或其他相关图书。

不论我们过着哪种生活，都有权利和义务让自己过得浪漫。为自己写诗，便是一个“物美价廉可实践”的方式。玩纸来写诗吧，全家一起，全班一起，全民一起。当然，仅仅是写给自己也很好。

如何使用本书

设计理念

1. 随时随地都可进行，每种纸玩所需的材料与工具十分简单。只要一张纸，经过剪、折与贴，就能做出简单小纸玩。

2. 运用各种纸玩形式，搭配写诗技巧，打造极具创意的语文游戏。不论藏头诗、啰唆诗还是宝塔诗，孩子都能轻松上手。

3. 动手又动脑，全家写诗，全班写诗，全民写诗。随时随地进行写诗，是较佳的心灵疗愈方式。

关于材料

一张 A4 纸（其他尺寸亦可，如 8 开、4 开），材质或颜色不限，普通白色复印纸即可。但若是制作完成后还需涂色，建议使用较厚的纸，比如图画纸、封面纸或美术纸。目前市面上购得的 A4 纸为 21 cm × 29.7 cm，8 开纸为 27 cm × 39 cm。

关于工具

制作每种纸玩所需的工具不同，但以剪刀、美工刀、白乳胶或其他胶水、铅笔为主。另外再视情况增加双面胶、尺子、切割垫、各式彩笔等。最好能再准备一支已经没油的圆珠笔，利用它的坚硬笔头来压折纸的折线，让纸张更好折。

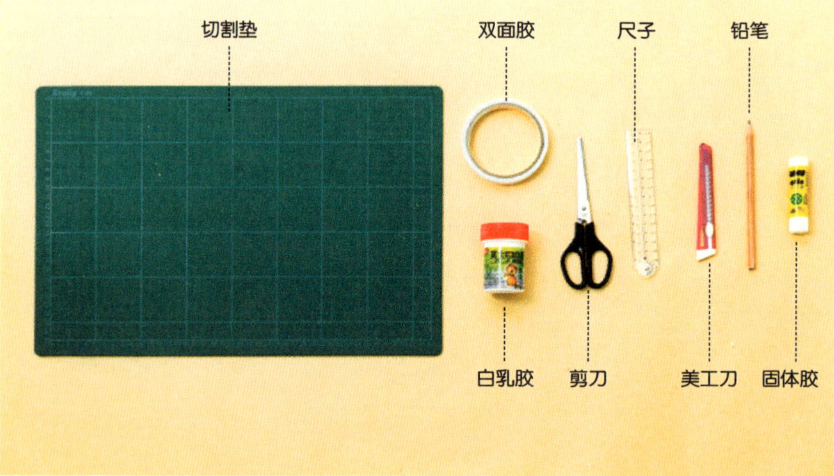

关于折法

1. 一般折纸最常见的折法，分为山折与谷折。纸往前折一下再翻回原样是谷折（折痕为凹下的线，称为“谷线”），往后折再翻回原样是山折（折痕为凸起的线，称为“山线”）。本书中的蓝色虚线为山线，红色虚线为谷线，红色实线则为切割的线，黑色虚线是指一般折线。

┈┈┈┈	山线	┈┈┈┈	一般折线
┈┈┈┈	谷线	────	切割线

2. 本书的折法，若提到“翻至背面”，一律指从正面的右边往左翻至背面。在制作步骤示意图中，黄色面表示纸张的正面，白色面表示纸张的背面。

3. 折纸时，必须保持以单层的状态来折，尽量不要对折后又再次对折，因为纸有厚度，会使每一等份的折页宽度不同。

关于写诗

许多人一听到写诗，可能觉得很困难而马上打退堂鼓，但其实写诗只需一点观察力与想象力，一点都不难。

本书各章有丰富的折纸技巧。大部分章节还有“诗的小学堂”栏目。“诗的小学堂”向读者讲解了意象、炼字、节奏、游戏、互动与留白等概念，教读者在最短的时间学会写诗，并结合折纸创作，完成属于自己的纸艺与诗作。

关于设计与创作

每一种折法不只搭配一种写诗法，读者可尝试各种写诗法。

另一方面，本书在每一种折纸技巧中提供不同的插图建议，让读者运用不同材料，如彩笔、贴纸、蜡笔、纸胶带、印章，和剪纸等技法，创作出精彩又多变的纸书与纸卡。

目录 Contents

Contents 目录

我总
在
赏
鸟，

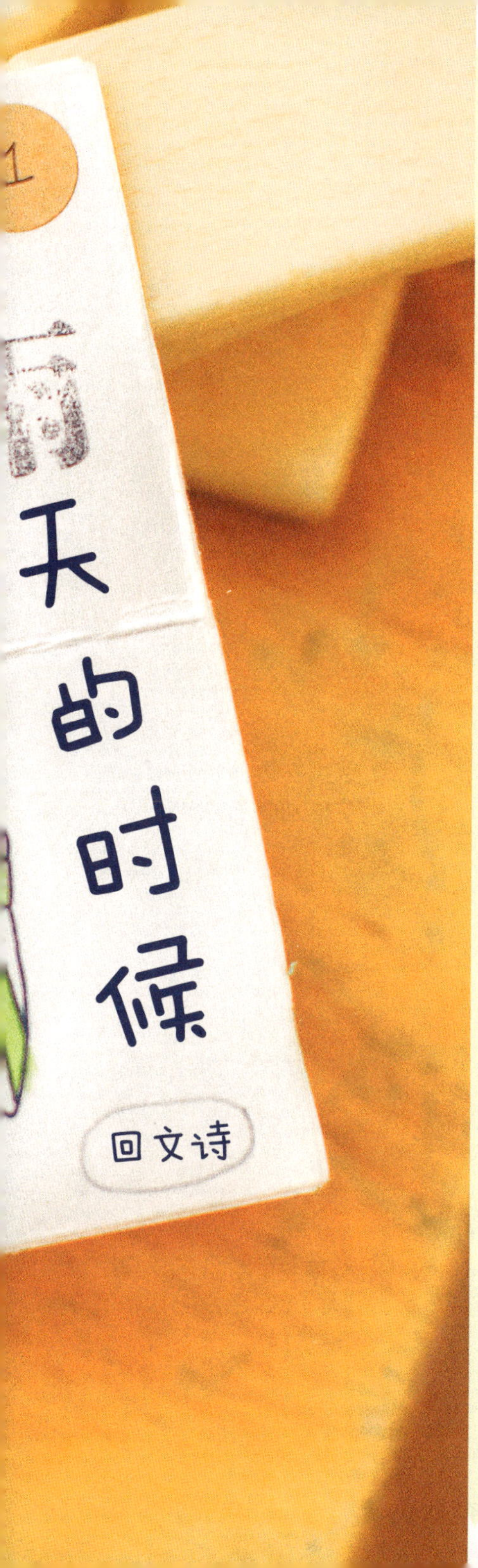

Part

01

翻不完的书
诗也可以绕圈圈

这本书一共有四页吗?
不，它根本翻不完，一页接着一页，
有无数页啊!
有无数页的小书，
搭配永远念不完的诗，真是太完美了!

1 回文诗、联珠诗

2 重句诗

翻不完的书

材料与工具 一张 A4 纸、剪刀、白乳胶或其他胶水

做法

❶ A4 纸横放。

❷ 左下角往右上折三角。

❸ 剪掉右边的长方形。留下左边的正方形纸使用。

❹ 正方形纸折 16 等份。

❺ 右往左对折，剪掉右边中间两格。

❻ 剩余部分打开变成口字形。在黑色 A 与黑色 B 处涂胶水。

❼ 上下两排各自往中间折，黑 A 与红 A 贴合，B 亦同。

❽ 在黑色 C 与黑色 D 处涂胶水。

❾ 左右两排各自往中间折，黑 C 与红 C 贴合，D 亦同。

❿ 正面的左下角写“1”，这是第一页，写上第一句诗。

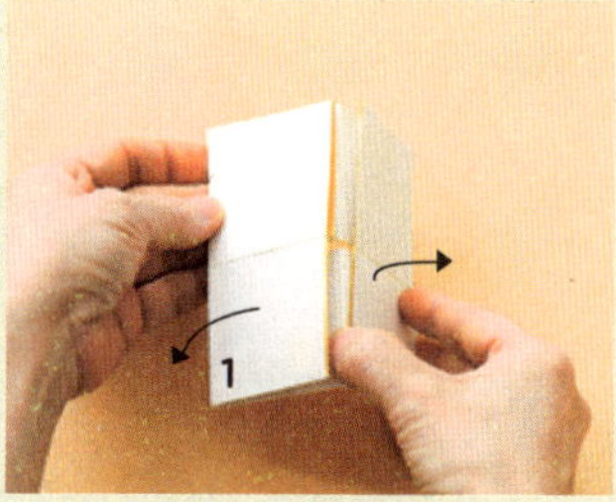

⓫ 从第一页的中间开口处向左右翻开到第二页。

⓬ 第二页左下角写“2”，写上第二句诗。

⑬ 第二页的中间开口处往上下翻开到第三页，左下角写“3”，写上第三句诗。

⑭ 第三页中间开口处往左右两边翻开，到第四页。写上第四句诗。第四页又可翻回第一页。

还不会写汉字的小朋友，也可以写拼音哦！

延伸玩法

可在第二页的上或下跨页处，与第三页的左或右跨页处加贴立体图，增加翻阅时的惊喜。最简易的立体图做法是将图案底边留粘贴边，再对折，粘贴边的对折线剪开，然后以“V”字或倒“V”字贴于跨页两边。

插图方式

铅字

本书主题是诗意文字与纸艺的结合，因此可运用一个特别的材料，那就是铅字。铅字是早期的印刷法所用到的，但现在已几乎没有人用铅字印刷了，可在网上购买铅字，也可以自己用橡皮擦来制作。用铅字印成的文字，搭配彩色铅笔绘成的卡通形象，既浪漫又可爱。

诗练习

会绕圈圈的诗

有一种故事写法是“说不完的故事”：故事开始后，历经许多情节，最后结局又回到故事原点，然后又可以继续说个没完没了。诗也有这种有趣的玩法，简直就像在绕圈圈。这种写法，能创造出绵延不绝的气氛，强烈弥漫着诗中想表达的情绪。将念不完的诗，写在“翻不完的书”上，真是太搭了。

1 回文诗 联珠诗

回文诗是古代的趣味写诗法之一，而且玩法多种。甚至许多古代的回文诗，还刻意排成圆形（称为盘中诗）或矩形，方便阅读，比如“可以清心也”五个字如果排成圆形，从哪个字开始读皆可。不止中文，其他语言也有回文诗的作品。

有些回文诗玩排列组合的创意，比如整首诗可顺着读，也可倒着读，例如“树中云接云中树，山外楼遮楼外山”，又如“人过大佛寺，寺佛大过人”，正读和倒读一模一样或语意相关。

中国古代最著名的回文诗，应是十六国时期前秦的苏蕙所写的《璇玑图》，不管从哪一行、哪一列开始，直读、斜读都可以。

接下来再简单介绍联珠诗——诗的每句最后一个字，为下一句的第一个字。

例一是清代华广生收录的《桃花冷落》的前四句。例二为王淑芬仿作，全诗采用“雨→鸟→静→诗→雨”头尾相接的回文写法。如果一时没有灵感，可以先找一句著名的诗句作为开头。

例一

桃花冷落被风飘，
飘落残花过小桥。
桥下金鱼双戏水，
水边小鸟理新毛。

例二

雨天的时候我总爱在窗前赏鸟，
鸟儿们在雨丝中像我一样安静，
静静地想着事情，也许就是诗，
诗不管来或去，总令人措手不及，像雨。

2 重句诗

例一是北宋诗人秦观以“赏花归去马如飞酒力微醒时已暮”十四个字，经重叠排列，写成了一首七言绝句。重句诗又称为叠辞诗，可以算是回文诗的写法之一。重点是第二句采用第一句的后几个字，依此类推，最后一句也必须使用第一句的后几个字。例二为王淑芬仿作。

例一

赏花归去马如飞，
去马如飞酒力微。
酒力微醒时已暮，
醒时已暮赏花归。

例二

我写诗是为了安慰空白的笔记本，
空白的笔记本其实是我自己，
我自己是一个人，也常是没有人，
没有人陪伴时至少我写诗。

雨天的时候
联珠诗
我总
在
赏
鸟

Part

02

包包书

诗的数学课

一页页打开包包书，愈翻愈长，里头藏着什么可爱的秘密呢？
诗的数字顺序，诗的加加减减，
用数学方法来写诗，谁说感性与理性无法共存？

1 从一数到九

2 造词造句诗

3 夹心诗

4 6W+ 数字顺序

5 加法游戏

6 减法游戏

包包书

材料与工具 一张 8 开纸、剪刀、橡皮筋

做 法

❶ 8 开纸横放。

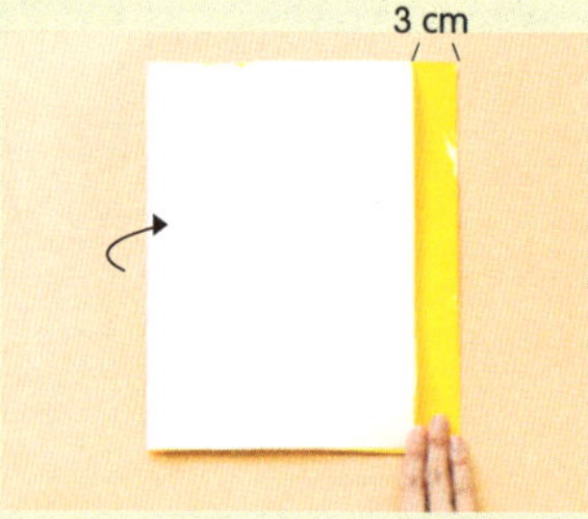

❷ 左向右折，空约 3 cm（也可请小朋友伸出食指、中指、无名指三根手指当 3 cm 宽），再打开。

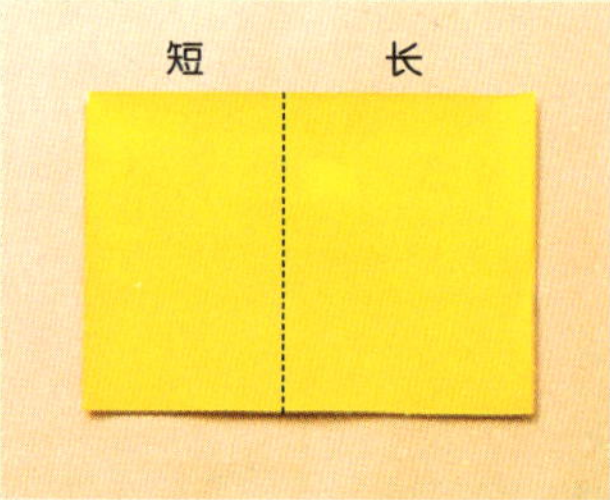

❸ 打开后应是这样。

❹ 左距离折线空 1 cm 处折入（也可请小朋友伸出一根手指当 1 cm 宽度）。

❺ 右向左折到与左相接处，再打开。

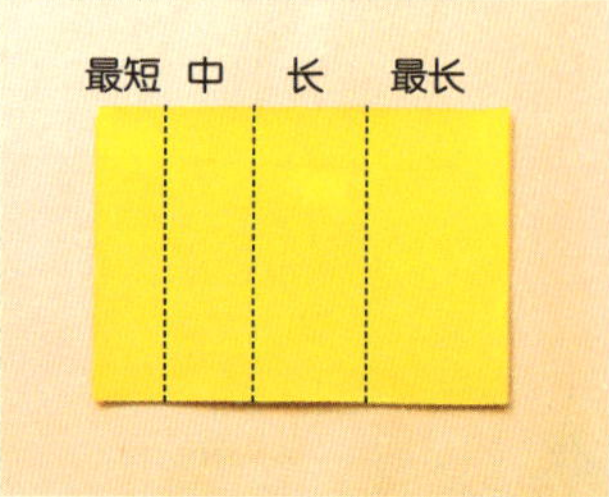

❻ 再次打开后是这样。

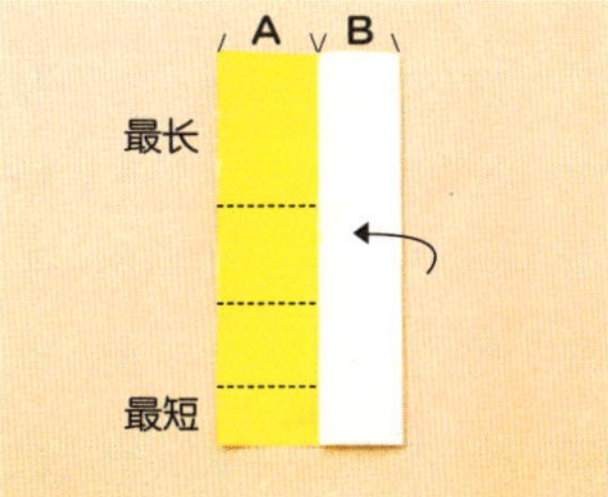

❼ 纸逆时针转 90°，最短边在底部。右向左折约三分之一，让 A 比 B 略长。

❽ 左边折到对齐右边，再全部打开。

❾ 剪开六道红线。

❿ 从底部最短边的右侧开始向中间折。

⓫ 换左侧往中间折。

⓬ 底边往上折。

⑬ 依照步骤 10、11、12 的折法：右往左，左往右，下往上，一层层折完。

⑭ 翻至背面，底边以胶带贴一条橡皮筋或松紧带。

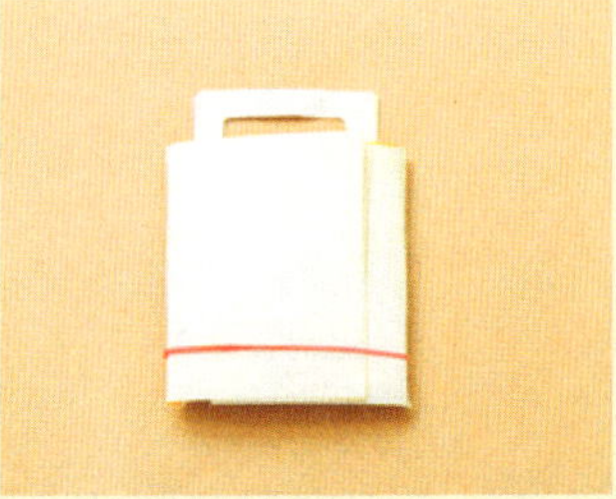

⑮ 橡皮筋可收紧书口。另剪纸条贴在封底上方当提手。

补充说明

（1）写诗时，依原来折法的相反顺序，一页页打开写诗。可标示页码顺序，正反两面都能写满。

（2）步骤 14 也可改贴一条缎带，在封面打结，这样更为精致。

（3）如果使用较薄的 A4 影印纸制作，可省略步骤 14 与 15。

延伸玩法 最后一页（即全部打开的右下角跨页处）可加贴立体图。使用 8 开纸制作包包书的人，请参考图示做出立体房屋贴上。

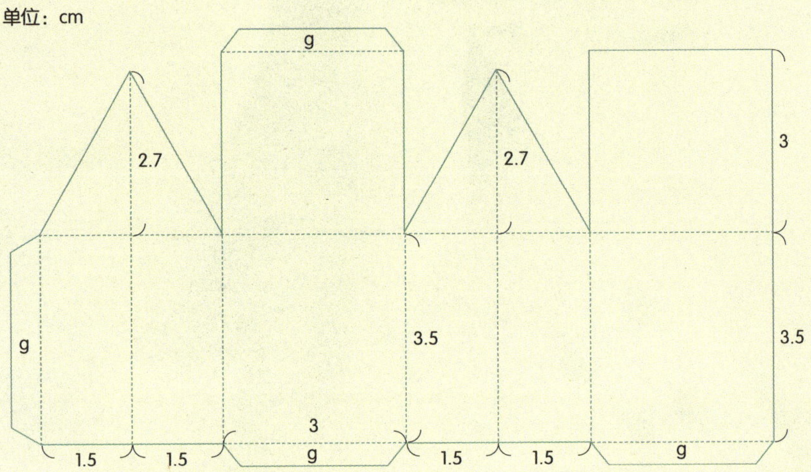

四个粘贴边（g）的高度为 1 cm

插图方式

用蜡笔涂色

蜡笔的笔触带着质朴和童趣，因为笔尖较粗，适合大范围的着色，比较精细的地方就不适合了。上色时，试着先以圆珠笔或铅笔画出轮廓，再用蜡笔涂色，涂色不一定要涂到全满，留一点点空白，也很有味道哦！

诗练习

用数字来写诗

将文字加加减减，或是像计算数量般的数数，也是有趣的写诗方法。把诗写在包包中，一层层打开，诗句就像包包里的神秘礼物般，一行行出现。你也可以在书里写上想对朋友、亲人、老师说的话，包在书中做成礼物小包包，非常特别。

1 从一数到九

例一的题目为《咏雪》，古代这种写诗法有很多种，作者也有多种说法，例一的诗是谁写的呢？传说是乾隆皇帝吟了前三句，他的礼部侍郎沈归愚（也有人说是大学士纪晓岚）替他接了第四句。类似的还有郑板桥写的“一片二片三四片，五六七八九十片。千片万片无数片，飞入芦花总不见”。原本看似无聊单调的数数，因为最后一句的扭转，让整首诗顿时有了境界。例二的诗为王淑芬仿作。这首诗的写法十分简单，可以借此练习写出押韵诗，读起来会更有节奏感。

例一

一片一片又一片，
三片四片五六片。
七片八片九十片，
飞入梅花都不见。

例二

一代一代又一代，
两代三代四五代。
六代七代八九代，
王宫宝座只风在。

2

造词造句诗

先以第一个字造词，再根据这个词造句。整首诗完成，最好还能像本诗所示范的，也能有“隐题诗”的效果（隐题诗请参考本书 Part 4），如本诗的首字连起来为“想飞可以”。

想，思想，搭着思想的时光机，拜访辉煌的过去。

飞，飞翔，哪一种飞翔的姿势比较可靠，可以找到另一对翅膀？

可，可能，一切都在可能与不可能之间，一切都在成与败边缘。

以，所以，每个答案都能找到问题，思想飞翔，可能不会落地，无妨。

试着写写看

1. 以“香、味、迷、人”作为每行开头。
2. 以“青、春、无、敌”作为每行开头。

3 夹心诗

选择几个常用的词，在这个词的头尾中间夹入别的字，变成句子，书写成诗。比如示范中，“电脑”夹入别的字变成“触电的大脑”。从第一句到最后一句，如果我们能注意空间或时间上的“由大而小、由远而近”等渐变效果，诗会更有层次感。

空，天空依然在，我也在。

电脑，触电的大脑，在钢琴上昏倒的不是猫。

书桌，摆一堆书在桌上并不证明你什么都懂。

原子笔（即圆珠笔），原来孩子长大后使用不同的笔描述事件。

调色盘，虽然想画图，调好色以后，却找不到想画的生命底盘。

数位相机（即数码相机），细数我在世界的位置，

相信总有机会找到入口，可以从头。

试着写看看

1. 雪白→雪中的纯然空白
2. 脚步→脚底的路能走几步

4

6W+ 数字顺序

“6W”指的是：who（何人）、when（何时）、where（何地）、what（何事）、how（如何发生，或感觉如何）、why（为何），也可称为“六何法”。如果从这六个元素入手，加上数字依序往下写，就能编出一首带有故事情节的诗。

宋代的邵雍有一首类似此玩法的诗：“一去二三里，烟村四五家。亭台六七座，八九十枝花。”

一座高山上，
下午二点整，
三个和尚正在商量，
关于今天的下午茶，
四杯清心加牛奶，
还是五杯牛奶加打坐；
因为六天前的同样议题，
曾经被七个师兄讨论许久。

5 加法游戏

本首诗的玩法是以“甲 + 乙 = 丙”的模式来写。所以重点是在丙必须结合甲与乙组合在一起产生的变化。为了富有诗意，丙可以写成有意境的情景，或一种感觉、情绪。也可以像例二的玩法，被加的乙都相同。

例一

一朵花加金色阳光，等于春天报到。
一只狗加一个小孩，等于无止境的爱。
一本书加一场雨，等于在晴空里躲雨。
一个白天加一个黑夜，等于明天又会来到。

例二

孩子加上时间等于长大，高山加上时间等于平原，
心境加上时间等于山仍是山，错误加上时间等于没有发生，
时间加上时间等于一切的一切，已无所谓。

试着写写看

1. 爸爸加上妈妈等于什么?

2. 五岁加上一支彩色笔等于什么?

6

减法游戏

本首诗的玩法，与加法相反，以“甲－乙＝丙”的模式来写。所以一开始，也可以先倒过来想“丙加乙等于甲”，比如蓝色加黄色等于绿色，所以“绿色减去黄色，等于蓝色”。除此之外，甲减去乙，也可能得出“意外的丙”，比如，不看电视与计算机的晚上，可能得到“阅读小说，有意外的收获”的结果。

古代有一首《懊侬歌》：“江陵去扬州，三千三百里。已行一千三，所有二千在。”其根本就是一道“里程减法诗”，也很有趣。

绿减去黄，等于蓝；
灰色减去黑色，等于白色。
童年减去游戏，等于苍白荒芜。
亿万富翁减去健康，等于贫困户。
夜晚减去月光，等于黯然失色。
五彩缤纷佳肴，减去食欲，等于一盘有颜色的东西。
一条忙碌不已的蚂蚁纵队，
减去开头几只，等于乱成一团。
非比寻常的无聊夜晚，减去电视与计算机，
等于打开小说，非比寻常。

试着写写看

1. 地球减去海洋，等于什么？
2. 哈利·波特减去魔法，等于什么？

下午
2:00 ,

用具体写抽象

关键词：**意象**

如果打开有关写诗的教学书，一定会看到这两个字——意象，可见一首好诗，营造出成功的意象效果是关键。

意象指的是把心中想的意思，借着具象的事物表达出来。写诗，通常是想把心里的感觉，写出来让读者也感受到。不过如果直接写“我很孤独”“我很豁达”，这些空泛的表达很难让人产生共鸣。该怎么办呢？那就要借用具体的某样东西、动作、事件等，用“明喻（直接比喻）、暗喻（比较含蓄的比喻）、借喻（借喻体代替本体，最含蓄的比喻）”等比喻的手法和象征的手段，发挥想象力，打造一个戏剧空间，让读者可以走进去亲身体会。

但是，该选哪种具体的事物来传神地比喻？方法很多，但重点是，必须让人看得懂，有共通性，而非只有你自己这样想。比如：想表示心中的困惑，用“我在雾中跌了一跤”一定比“我在地图上跌一跤”好，因为雾代表朦胧、看不清，而地图却有明确指引的意思；反之，如果想表达“犯了不该犯的错”，用“我在地图上迷了路”就不错。

本书 Part 3 的“动物植物食物人物”中，为什么写“蜻蜓飞不出夏荷的掌心”？因为虽然蜻蜓可以自由飞去，但夏荷多半大片大片长在池塘中，有种夏天也是无边无际的感觉，所以不管蜻蜓飞到哪里，都是炎夏。正如人在溽暑中，走到哪里都还在热的范围内，飞不出夏日的掌心。

下次写诗，可要先想清楚，想表达的主要情感是什么（欢乐、愤怒、感激、寂寞……）？再选取可以用来比喻或象征的东西或事情。选取方法有几种：

1. 从外形去找：大海象征辽阔，河流象征变动，石头象征坚固等。

2. 从功能去找：时钟代表光阴流逝，尺子代表度量长度，棉被代表保暖等。

3. 从时间、空间去找：清晨的阳光代表才刚开始，夕阳则是已然消逝；旷野与电梯，前者有自由之意，后者则是束缚。

4. 从动作去找：上楼与下楼、奔跑与躺卧，呈现相反的意义。

5. 拟人化或换个角度想：如 Part 1 的重句诗，“空白的笔记本”本来是没感觉的，但把它拟人化，然后站在它的角度想，空白等于孤独，也需要人安慰。Part 2 的造词造句诗，则把“思想”拟人化，让它可以搭着时光机回到过去。

Part

03

回字书

用诗说故事

包包书再进化，顺着纸页层层翻开，文字与图画层层揭晓。
一张纸变出 16 页小书，
16 页如何让诗走出有趣的“回”路线？

1 英文字母形意诗

2 以歌名写诗

3 电影诗与绘本诗

4 品牌诗

5 动漫诗

6 成语诗

7 动物植物食物人物

回字书

材料与工具 一张A4纸（最好是白色，便于涂色。步骤1～5仅提供折法上的参考）、彩笔、剪刀、白乳胶或其他胶水。

做法

❶ A4纸横放，左向右对折。

❷ 上面那层纸由右上往左下折出直角三角形。

❸ 剪掉三角形底边的长条纸。

❹ 两张纸都打开。

❺ 沿着左右对折线剪开，变成四张纸。

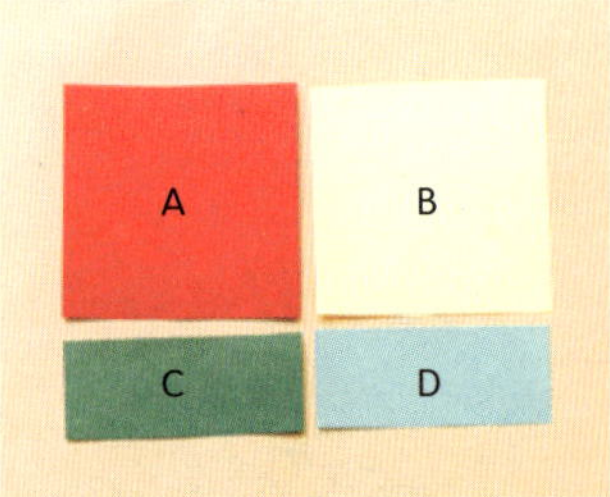

❻ 给四张纸分别涂上红色、黄色、绿色、蓝色，正反面涂上同种颜色。

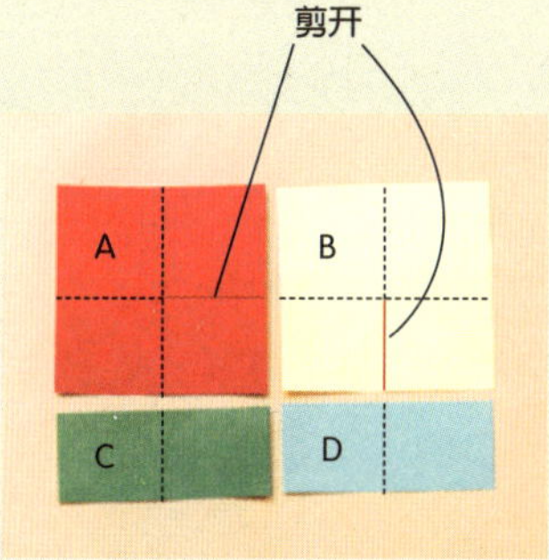

❼ A、B 折出四等份，并剪开红实线。C、D 左右对折。

❽ A 下 B 上叠齐，A 缺口在右横线，B 缺口在下竖线。在 A 的对角的所在区域的四边涂胶水，再将 B 贴上。

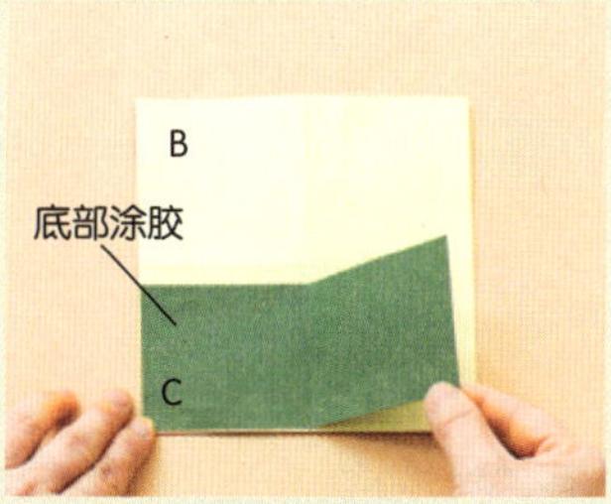

❾ C 左半边底部涂胶水，靠 B 的底边贴。

❿ D 对折，剪掉开口边，使之与 C 的高度相同。

⓫ D 的半边底部涂胶水，贴在 C 的右边。

⓬ 依照贴合顺序，类似回字，反向折回。

⑬ 最后折回的那一页作为封面。

⑭ 全书的上方与左方，可裁切整齐。

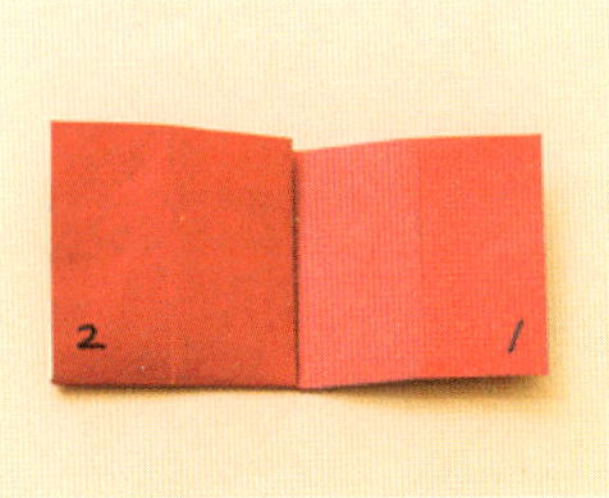

⑮ 依原来顺序一页页翻阅，可标示页码，或以箭号标示阅读顺序。

延伸玩法

剪一条约为 2.5 倍书宽长度的腰带，贴在封底。书腰在封面交接处各剪出上下一半缺口（背面先加贴透明胶带，加强牢固），便可套住当扣带。

插图方式

印刷物剪贴

大家有没有一种经历，在做小卡片或其他手工时，因为要画的主题太难太复杂了，不晓得该如何下笔？其实有时候不见得所有东西都一定要自己画，可以试着剪贴广告纸、过期报纸或包装纸上的图片，贴在卡片上，这也是一种创新呢。

用“人事时地物”来写诗

想写诗，一时却没有灵感时，不如先以生活中熟悉的词语当素材吧。这同时也考验大家对文字的组织能力和对诗的敏锐感觉。可先将收集的词语简单分类，看看哪些可当主角，哪些可当动作、时间、地点，也就是人事时地物，再搭配不同类别的词语，组合成有情节的叙事诗。最后，将诗写在做好的回字书上，配上插画。一页页翻读着诗，仿佛随着诗的情节探险。

1 英文字母形意诗

想象英文字母的形状，并根据想出来的形象，写成有趣的诗。依此原理，也可根据数字或其他符号（比如标点符号）来发挥想象。几何图形中的三角形、圆形、正方形等，也是依形状写诗的好题材。

例一

A 啊，迈开大步充满自信地走。

B 呢，鼓起两个腮帮子，大口吃馒头。

C 则是为了今晚的演唱会，嘴巴张大大，高声练嗓子。

D是有中年危机的大叔，挺着肚子愤愤地又吃下一片大比萨。

E 伤心地回忆，原本，他的牙齿又密又整齐。啊，往昔。

例二

1 站起来，决定离开。

2 垂头丧气，此刻，它什么都不想管。

3 吃惊得眼珠都凸出来了。

4 不满地插着腰，回顾 5 分钟前的争吵，

那时，6 挺着肚子，把大家吓成 7 一般向后倒。

试着写写看

1. 圆形不断转圈圈，觉得好累。正方形……

2. H 先生最懂得平衡，他是天秤座。C 小姐……

2 以歌名写诗

将歌名穿插在诗句中，中外古今、流行古典皆可，顺便借此机会想想自己喜爱的歌曲有哪些吧。

本诗也可用知名人物的姓名或著名地标（巴黎铁塔、大本钟、万里长城等）来写，这类诗很适合全家一起来脑力激荡。

天鹅湖上听见命运交响曲，
千里之外，一样的月光，照在不同的小城故事上。
雨点不断打在我头上，在雨中，珍重再见，
明天也许我还能快乐颂，听海，哼着摇篮曲。
想起妹妹背着洋娃娃，童年是简单的幸福。
每颗小苹果都可能是生命中的精灵，
亲爱的小孩，明天会更好。

3 电影诗与绘本诗

此类诗玩法一目了然，创作者利用平时观赏电影与阅读书籍的经验，将片名与书名转化为诗。例一是选取电影片名，将它们排列组合，成为一首念起来富有妙趣且颇有含意的诗。依此原理，也可以用书名来编排，例二是用经典绘本的书名来组合。建议读者可找找书架上的书名，或到图书馆、书店寻找灵感。如果能将这些书排成列，把书脊拍下来，便是一幅“书脊诗”了。

例一

第一滴血，天外奇迹，
那时候，我只剩下勇敢。
寂寞拍卖师，小时代，
那一年，我们一起追的女孩，
甜蜜蜜，幻想曲，黎明再起。
进击的鼓手，远离非洲，
回到未來，我想念我自己。

例二

早起的一天，小金鱼逃走了，母鸡萝丝去散步，猫头鹰在家；
和甘伯伯去游河，莎莉，离水远一点，先左脚，再右脚。
绿池白鹅，抵岸，向左走，向右走，穿过隧道，好想吃榴莲。
野兽国，秘密花园，森林大会，爱心树，爱花的牛，小小迷路。
君伟上小学，迟到大王，不是我的错，我的老师是怪兽。
疯狂星期二，门铃又响了，看不见逃家小兔，
都是夏天惹的祸。

4 品牌诗

这是将许多世界著名的品牌，加以组合写成的趣味诗。例一是直接使用品牌名称，例二则是将某些品牌名称打散再重组。你找得出来有哪些品牌吗？如果对品牌不熟，也可改成以生活物品、地名或国名来写诗。

例一

五月花开在夏天开始的时候，
春风刚走。
黑松与金兰，在鸿海边，
乐高，聊着成长。
苹果在纽约时报说明，
曾经不小心掉进雀巢。
三星底下，花旗飘扬，
在丰田边，宝马一路奔驰。
劳力士在梦工厂唱谷歌，
星巴克也在旁，两人决定放松，
脑袋全日空。

例二

我喜爱可口美食，吃完真是可乐，
尤其苹果微软，是我偏爱的口感。
但麦子收成不佳，当心日后辛劳也没得喂食。
于是迪斯尼在庙里努力念佛，
希望大众都能无虑地过宜家生活。

5 动漫诗

发挥想象，以著名的动画、漫画角色来写诗。可以先把想得到的动画、漫画的片名、书名与角色名字列出来，再试试如何组装排列成有趣的诗，如果能有情节的发展更好。

海贼王决定改过向善，
因为他收养的凯蒂猫纯洁，
一如白雪公主。
不料新闻特报说，
进击的巨人正在起风了，
连千寻都取出神奇宝贝，
骑上乱马，
哈尔的移动城堡也飞到泰山。
七只小羊滚着七龙珠，
来到风之谷，
游戏王与狮子王联合海贼王，
带领小黄人作战。
幸好怪兽电力公司贮存大量瓦力，
红猪与三只小猪，
龙猫加 101 忠狗，
脑筋急转弯。
这件事在巴斯光年以后，
才知是哆啦 A 梦一场。

6 成语诗

本类诗的玩法是将大家比较熟悉的成语，组合成为一首诗。如果一开始没灵感，也可先从含数字的成语开始想，比如一马当先、二话不说、三人成虎、四面楚歌、五颜六色等。

下面这首诗一共用了十四个成语。

正在对牛弹琴的我，
决定对愚公移山这件事，守口如瓶。
最好去山明水秀之处，
欣赏鸟语花香，看川流不息。
什么事到最后都可能只是南柯一梦，
不如两袖清风，不再画蛇添足，不再朝三暮四。
不论天涯海角，背水一战，
反正事情往往塞翁失马，我已司空见惯。

7 动物植物食物人物

以动物、植物、食物、人物为素材，是写诗很方便的灵感来源。利用不同颜色的便条纸，分别写下几种动物、植物、食物、人物的名称（真实或虚拟的皆可），然后随意将它们排列在一起，试看看能不能将原本不相干的对象组合成诗。

蜻蜓飞不出夏荷的掌心，
李白吃不下月光的倒影。
小飞象想念甘甜雨水的无止境供应，
白马说今天的稻草是昨日的草原奔跑。

一只蚂蚁在菩提叶上走迷宫，
小飞侠想不起来糖果好吃还是藏着剧毒？
春蚕在桑叶上写我的志愿，
李商隐大笑三声，觉得蚂蚁的游戏比较实际。

试着写写看

1. 动物——独角兽、食人鱼、蜂鸟、乌龟、蠹虫、白猫、始祖鸟……

2. 植物——睡莲、仙人掌、猪笼草、西瓜、苦瓜、玫瑰、老松、蒲公英、昙花……

3. 食物——棉花糖、咖啡、鸡尾酒、汽水、面包、鸡汤、棒棒糖、爆米花……

4. 人物——奥特曼、夏娃、关公、福尔摩斯、孙悟空、白雪公主、作家、李白……

3
17
16
5
13
7

MOVIE

Part

04

扭折卡

帮诗加点好料

哇，一拉就开的正方形小卡片，打开后居然别有洞天！
四角依旧，但空间却放大四倍，正好帮诗加点料。

1 藏头诗

2 隐题诗

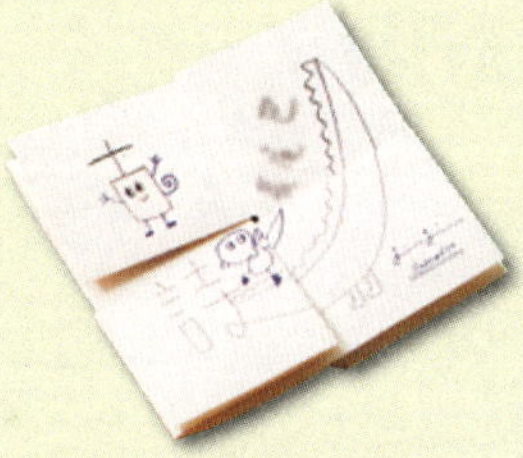

3 古诗长尾巴

4 古诗“添油加醋”

5 古诗译白话

扭折卡

材料与工具 一张 A4 纸、剪刀、橡皮筋

做 法

❶ A4 纸横放。

❷ 左下角往右上折三角，剪掉右边长条。

❸ 留左边正方形纸使用，并将正方形纸折为 16 等份。

❹ 依图示将蓝虚线折为凸起的山线，红虚线折为凹下的谷线。可用无水圆珠笔划过，加深折痕，方便折叠。

❺ 沿着山线、谷线将纸向内折，中央菱形部分在底面。

❻ 折好后，只留上下左右四格在最上层当封面；打开纸，在里面写上诗句。

延伸玩法

玩法❶：

在展开后的底面的菱形折线上，任选一边加贴立体图。做法如下：将 6 cm × 2 cm 的纸片横式对折，开口边各折出 1 cm 当粘贴边，然后贴在折线两边，即成为三角形支架。在支架上贴上图案。

玩法❷：

用两张大小不同的正方形纸，如边长各为 21 cm 和 12 cm。折好后，将小尺寸的纸贴于大尺寸纸的打开的底面，可在小尺寸纸上画插图。依此原理，也可做成多层，打开后会像一朵绽放的花朵。

插图方式 印章

印章也是很有趣的创作工具，能够通过不同颜色的印泥呈现不同的色彩。如下图中的作品，为了营造“妈妈的爱”的氛围，整件作品呈现温暖的红色系，再配上小花朵图案的印章，让版面显得很丰富。折起来后，翻到背面再盖上刻着“谢谢”的印章，还可以变成给妈妈的谢卡哦。

古诗换句话说

选择大家都熟悉的古诗，帮它们“加料”，可以在每句诗的前面、后面、中间加文字，简单又好玩。藏头诗、隐题诗的玩法，则是将所说之事分藏于诗句之首。这招是在考验大家的联想力，考验大家从基本文字中能衍生出哪些可能。通过这些玩法，让扭折卡封面的简单字句摇身一变，变得很有趣味。

1 藏头诗

诗多半是分行写的，藏头诗的妙处是，虽然分行，但将每行的第一个字连起来（比如七行诗便有七个字），会成为完整句。如果这个完整句是姓名、地名，又可名为“嵌名诗”“镶嵌诗”。

不论古今中外，都有人以藏头诗来嘲讽时事，于是藏头诗蔚为流行；现在连网络都有自动生成藏头诗的服务。

例一是明代文人徐文长游西湖所写的诗，首字连起来是“平湖秋月”。例二是王淑芬仿作的新诗，将五行的首字连起来，是“我是王淑芬”。

你可以试着像这样把某个句子（比如“祝你生日快乐”）竖排，再在每个字后面延伸出诗句。句子可藏于诗的第一列，也可以藏于诗的某一列和某一斜排。最厉害的甚至是整首诗横着念或竖着读皆可。

扭折卡写法：将原本的“平湖秋月”在扭折卡封面左边竖排，打开卡片后再接着写。中间可加插画。

例一

平湖一色万顷秋，
湖光渺渺水长流。
秋月圆圆世间少，
月好四时最宜秋。

例二

我走在山间小路上，
是绿叶吸引我，还是空无一人吸引我？
王国并不远，就在我心中，
淑气飘浮，空气尽是鲜甜，
芬芳满天，山间小路，此刻都是我的宫殿。

2 隐题诗

隐题诗的写法源自古代藏头诗，台湾现代诗人洛夫先生模拟藏头诗的方法，并增加难度，写了一本《隐题诗》。重点是每一行的首字，连起来必须成为这首诗的题目，并且不能随意乱写，必须讲求诗意，这一规则与藏头诗有点不同。比如例一的诗题为“蓝天白云皆为诗”，例二为“慈母手中线”。

如果没灵感，可以先找一句著名的诗句当“题目”来写隐题诗，比如“春风又绿江南岸”可写成七行诗。台湾现代诗人郑愁予最著名的诗句“我达达的马蹄是美丽的错误”可写成十二行诗。

扭折卡写法：与藏头诗相同。

例一

蓝得如此尽情恣意，
天指着海说：你模仿我；海望着天，什么也没说。
白浪点点，笑声翩翩，

云飞舞着，试着传递天空与海洋的连线。
皆为了耳边有歌，
为了歌中有天的爽阔，海的莫测。
诗句沉在蓝天里，然后潜入海底，终于写好一首地面的歌。

例二

慈蔼的背影，灯下弯成一道弧线，
母亲编织着千万年传下的故事。
手不停地缝着，用尽所有华丽工法，
中间也许藏着几抹白丝吧，闪着岁月的不怀好意。
线一缕一缕，爱也一缕一缕，织进去，织下去。

试着写写看

1. 枫桥夜泊
2. 当西风走过

3

古诗长尾巴

这种玩法，是先取一首著名古诗，比如例子取自唐代李白的《静夜思》，原诗为：“床前明月光，疑是地上霜。举头望明月，低头思故乡。”在每个句子之后，加上几个字，既简单又有趣。当然也可以改为加在前面。

写法可以顺着原本的意思来写，比如例一的写法。也可以因为加上的字，意思与李白《静夜思》游子思乡的本意不尽相同，比如例二的写法。

例一

床前明月光，月光如明镜；
疑是地上霜，凝在我心上。

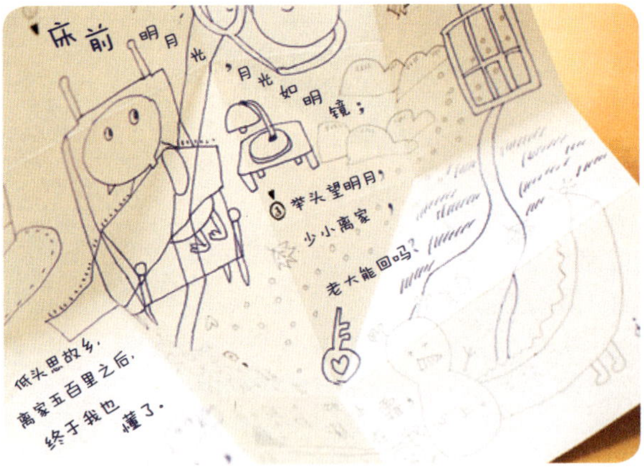

举头望明月，少小离家，老大能回吗？
低头思故乡，离家五百里之后，终于我也懂了。

例二

床前明月光，
亮得让人心慌，使得我猛然警醒；
疑是地上霜，
是这样吗？想想，也许只是游子多心。
举头望明月，
离家之后，中秋节仅剩下一张日历；
低头思故乡，
想起老家的月饼，饱满莲蓉，齿间泛起无尽乡愁。

试着写写看

1. 春眠不觉晓，处处闻啼鸟 。
   夜来风雨声，花落知多少 。
2. 朝辞白帝彩云间，千里江陵一日还。
   两岸猿声啼不住，轻舟已过万重山。

4

古诗“添油加醋”

这首诗的玩法，是在古诗原有的字词中，穿插加入别的字词，比如例一是取自唐代李白的《静夜思》，原诗为：“床前明月光，疑是地上霜。举头望明月，低头思故乡。”例二是唐代贾岛的《寻隐者不遇》，原诗为：“松下问童子，言师采药去。只在此山中，云深不知处。”

例一

谁在我床前献上明月光？　一地白露疑是地上的霜，
只能举头仰望叩问明月，　归期何日低头怀思故乡。

例二

走过重重冷杉，在一棵松下，询问露着微笑的童子，
“想要探访的老友在吗？”
童言：“师父今晨上山采药去了。”
望向远方，那潇洒的脚印，只会在此山之中，
只会在云深之地，但不知究竟何处。

5 古诗译白话

这种写法其实是将古诗改写为白话诗，例子中的改写对象是唐代孟浩然的《春晓》：“春眠不觉晓，处处闻啼鸟。夜来风雨声，花落知多少。”

春天怎么让人变得更有睡意了？天亮了，还在床上。

仔细听，到处都是鸟儿唱着晨歌，这是他们的朝会吧。

昨夜里仿佛有风有雨，

不知花园里盛开的红黄白绿，是否安然无恙，或许已化为春泥？

找一首你喜爱的古诗，按照它的原意，试着改写为新诗，也可以加入自己的额外想法。

春天怎么
天
仔细听
昨

得更有睡意了？
在床上。
是鸟儿唱着晨歌，
这是他们的朝会吧。
有风有雨， 不知
花园里

每个字都精挑细选

关键词： 炼字

记得曾经听小朋友说过："我最爱写诗了，因为字很少。"但正因为字数少，所以每个字都要"写在刀口上"。古时候诗人为了推敲字句，往往捻断几根胡须、苦思许久呢。

炼，有冶炼锻铸之意。炼字，是提笔写诗的重要步骤。即在写诗时使用最足以表达意思的那个字、那个词、那个句子，力求凝练、传神，多一字少一字都不行。如果放在写作文，讲的就是"修辞"。炼字要做的事有二：

1. 选哪个字？
2. 放在哪里？

选哪个字，或字放在哪里，看起来很简单，不就是想表达什么就写什么，照着文法来放正确位置嘛。但是诗不一样，诗允许有特殊用法。比如：

不必在意原本的词性与用法：

动词、名词、形容词等，可以互相转换。最著名的例子是余光中先生写的"星空，非常希腊"，把名词当形容词用。所以，你也可以写"星空，非常数学""星空，非常爆米花"。

此外，形容春天百花盛开，古人写"春意闹"，"闹"这个不寻常的动词，便使繁花喧闹的景象都表达无遗了。

可以错用：

星星的单位本来是“颗”，但Part 5的“量词错误诗”，写着“一只一只的星星”。只要能引出某种气氛，单位错误、比例错误、形容错误皆可。比如“巨大的蚂蚁爬在小小的枕间”，表达睡不安稳的感觉。

可以不照正常文法：断句故意断在不该断的地方，使用奇怪的倒装句等。比如Part 8的“五感诗”，故意将“尝到无与伦比，醇美的甜”断句与倒装为“尝到无与伦比的／甜，醇美”，让甜独立出来，衬托出甜的深刻有味。

Part

05

移位卡

诗的大变身

用移位卡让诗不仅变身还变脸！
打开移位卡的瞬间，
咦？甲怎么变成乙了？
原先的字怎么不见了？

1 量词错误诗

2 剥皮诗

移位卡

材料与工具 一张 A4 纸、剪刀、美工刀、白乳胶或其他胶水、尺子

做 法

❶ A4 纸横放。

❷ 上下对折割开。

❸ 留下半张 A4 长条纸使用。

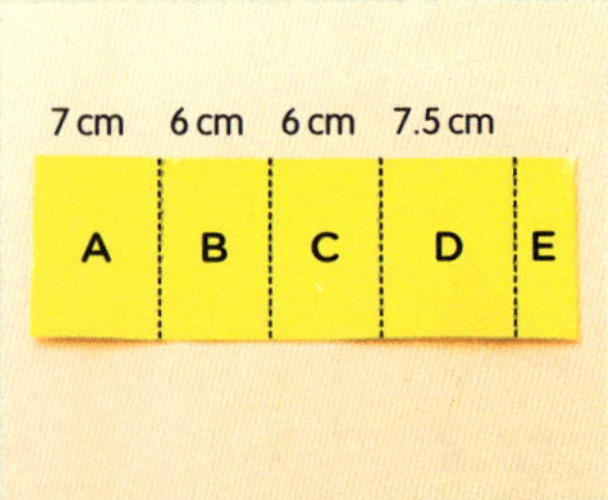

❹ 由左至右以无水圆珠笔画线，并以铅笔在上方标示 A、B、C、D、E。

❺ 将 B 右边折为山线，C 的右边折为谷线，B、C、D 重叠。

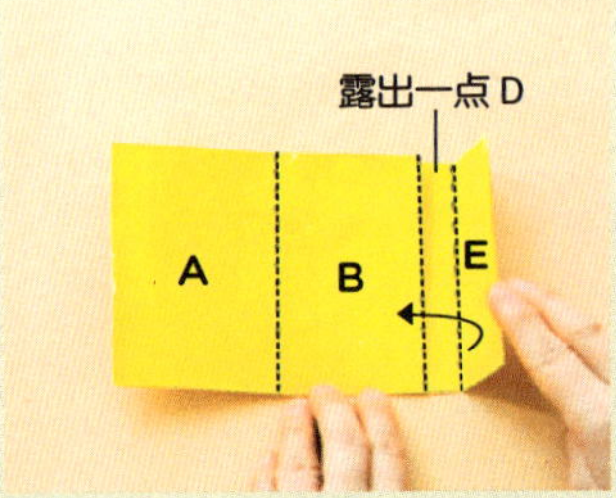

❻ 压平，准备将 E 向左折。

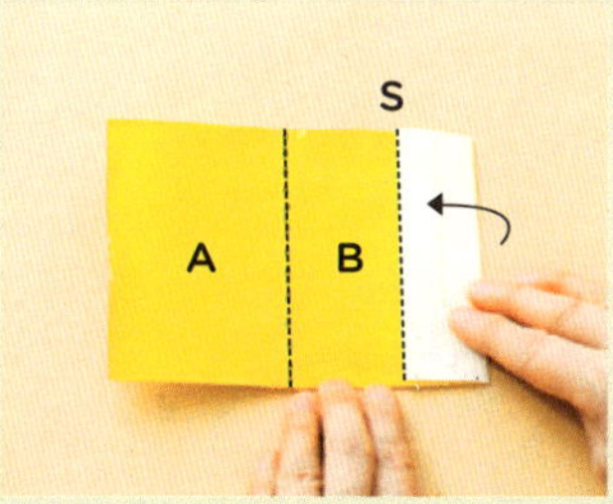

❼ E向左折，有部分压在B上，在交接处画直线记号线S，打开D、E。

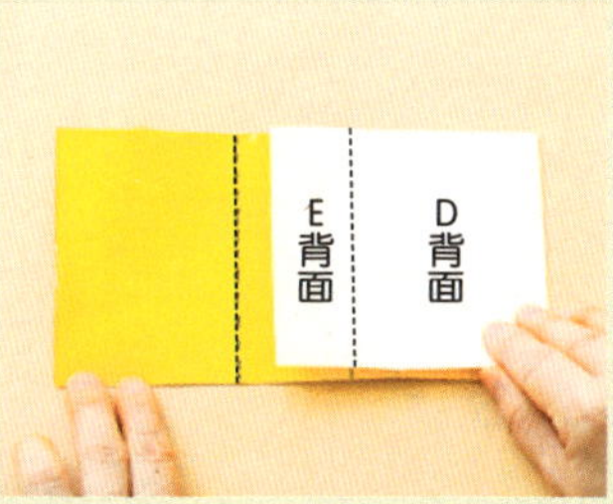

❽ 将D、E往前折，压在B上。

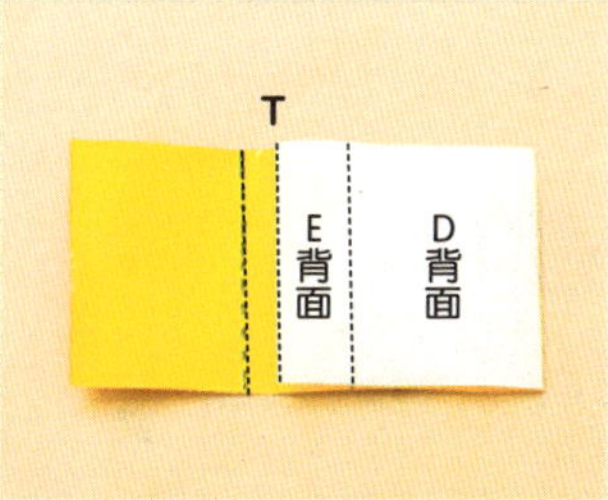

❾ 在交接处画直线记号线T。

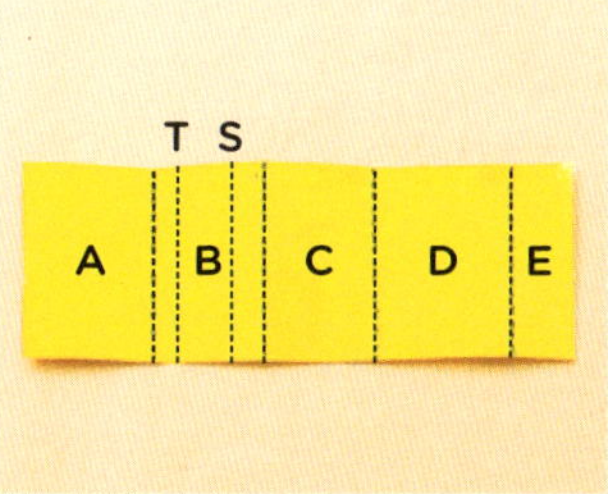

❿ S与T之间，就是可以割出缺口的范围（S与T都在B区块上）。

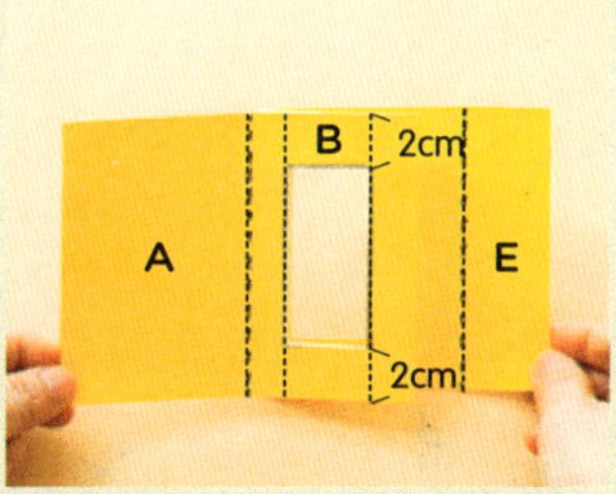

⓫ 重复步骤5，T、S之间，上下各2cm处画横线。将此区块割掉，B、C、D三片一起割。

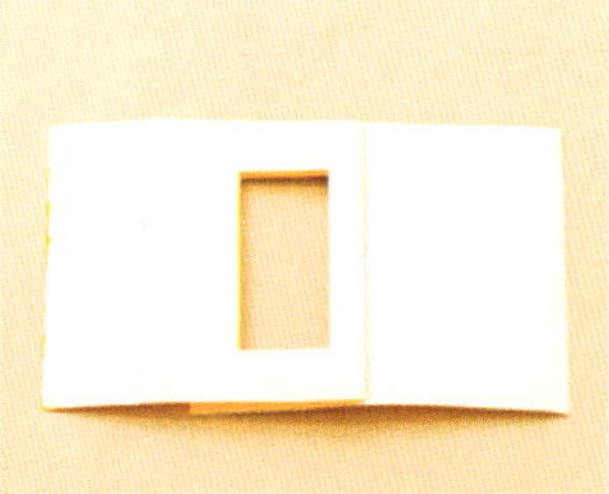

⓬ 将整张纸翻至背面，保持B、C、D重叠。

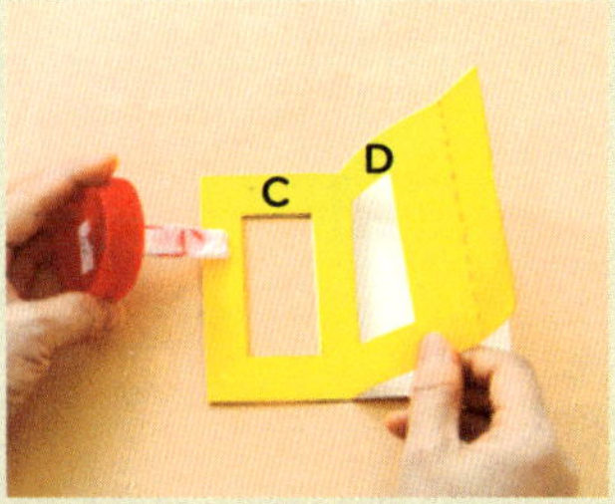

⑬ 在 C 四周涂胶，将 C 与 D 粘贴在一起。

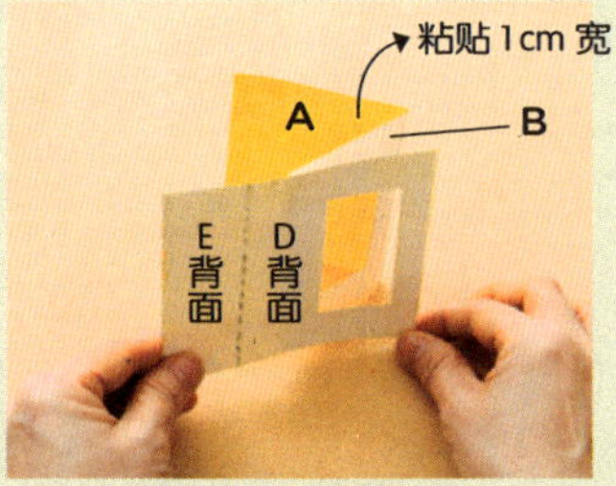

⑭ 将 A 向后折，与 B（正面）左边交接处粘贴在一起约 1cm 宽。

⑮ 将 E 折到 A 与 B 之间，完成。

⑯ 在封面右边注明“open”。

⑰ 从右边打开，画面瞬间移位了。

消暑似仙果。
西
瓜
生南国，

延伸玩法

步骤 11 缺口形状不一定要做成方形，圆形、不规则的形状皆可。

插图方式

用水彩笔作画

水彩笔或色笔可提供鲜明的色彩，大小朋友都喜欢。画笔的颜色越多，画出的作品就越逼真。像这件作品中的绿色西瓜，是不是就很逼真呢？

让甲变成乙的诗

诗允许自由挥洒创意，只要能说得出创作的逻辑。因此，看似胡说八道、黑白颠倒都没关系，只需让人觉得“胡说得有理”。故意写“错”，有时是在玩诗的象征隐喻。这种文字的变身游戏，最适合写在可以一秒变身的移位卡中。

1 量词错误诗

故意使用错的量词来写某个对象，再说明为什么这样写。比如用“只”来写星星，让人感觉星星像动物一样具有生命，能张嘴唱歌。此种写法的灵感源自台湾现代诗人管管先生，他曾经写过一首诗《荷》，用“一池一池的楼房”“一屋一屋的荷花”来形容人间物与事的变动无常、沧海桑田。

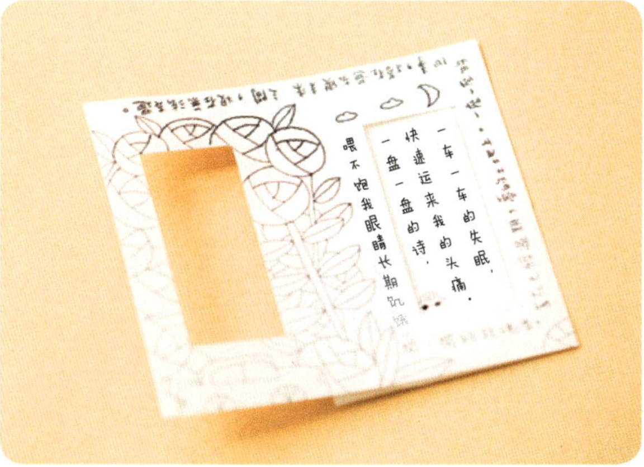

一本一本的扫把，
扫去无知与愚昧。
一只一只的星星，
张大嘴巴唱着听不见的歌。
一车一车的失眠，
快速运来我的头痛。
一盘一盘的诗，
喂不饱我眼睛长期饥饿。
一间一间的玫瑰香，
盖在已经过期的梦的土地上。
一座一座的心事，
搭在过去与未来之间，
现在无法走过。

2 剥皮诗

“剥皮诗”又称“仿拟诗”“套改诗”。它的玩法，通常是套用前人所写的著名的诗：或更改其中文字，或加减字、颠倒顺序，使诗句变成别的意思。

“剥皮”一词来自“其文好者皮必剥”，意思是好的文章必有人效仿。后人把模仿他人诗文称为“剥皮”。

比如唐代杜牧的《清明》前两句“清明时节雨纷纷，路上行人欲断魂”，就曾被戏改为“绞尽脑汁泪纷纷，出版无门欲断魂”。而刘禹锡的《陋室铭》“山不在高，有仙则灵”，被改为“房不在新，能住则行”。

例一是著名作家鲁迅所写，仿自唐代崔颢名诗《黄鹤楼》的前四句：“昔人已乘黄鹤去，此地空余黄鹤楼。黄鹤一去不复返，白云千载空悠悠。”鲁迅用“剥皮诗”手法改写而成，旨在感叹当时的文化衰退。

在例二中王淑芬戏仿了唐代王维的《相思》：“红豆生南国，春来发几枝。愿君多采撷，此物最相思。”

例一

阔人已乘文化去，
此地空余文化城。
文化一去不复返，
古城千载冷清清。

例二

西瓜生南国，消暑似仙果，
愿君多品尝，此物最快活。

试着写写看

1. 书中自有黄金屋，书中自有颜如玉
→书中自有 ______________，书中自有 ____________。
2. 前不见古人，后不见来者
→前不见 ________________，后不见 ______________。

一间一间的玫瑰香，

西
瓜
消暑似仙果。
生南国,

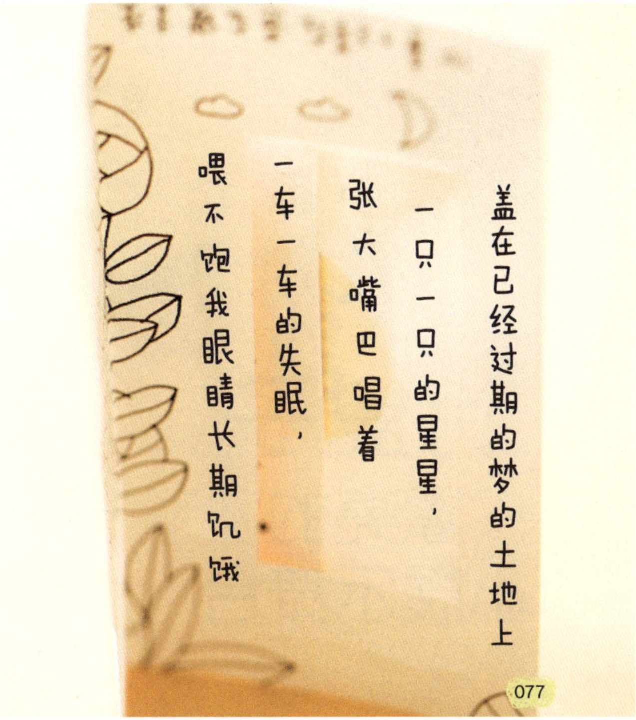
盖在已经过期的梦的土地上
一只一只的星星，
张大嘴巴唱着
一车一车的失眠，
喂不饱我眼睛长期饥饿

Part

06

诗盒子

漂亮的小展示舞台

“瓶中信”不稀奇，
从扁平到立体的“盒中诗”，
更让人惊艳。
让文字的分拆堆叠，
让精巧的盒子，
成为诗最亮丽的展示舞台。

① 宝塔诗

② 拆字诗

③ 合字诗

诗盒子

材料与工具 一张 A4 纸

做法

❶ A4 纸横放。

❷ 裁掉纸的右边部分，使纸的宽度变为 24 cm。如图折出 16 等份。

❸ 左右两边折至中央。

❹ 上下左右四个角折至上下折线处。

❺ 中央开口处往左右折。

❻ 打开变成盒状。

补充说明

（1）如果是写宝塔诗，可在步骤 5 时故意将第一个字（以及底下相同位置的字）写在盒子底部的正中央，等于只露出一排字。等到步骤 6 打开盒子，才会露出整首诗。

（2）如果用此招来写其他的诗，可直接使用整张 A4 纸，不必在步骤 2 时裁切纸张。

（3）可多做几个诗盒子，用绳子把盒子的上下串接起来，悬挂展示。或是用纸条把几个盒子的背面粘贴在一起，使盒子相互衔接，贴成一排盒子。平时可压扁收藏。

延伸玩法

在盒子的顶端加缝或加贴细线，悬挂装饰小图。

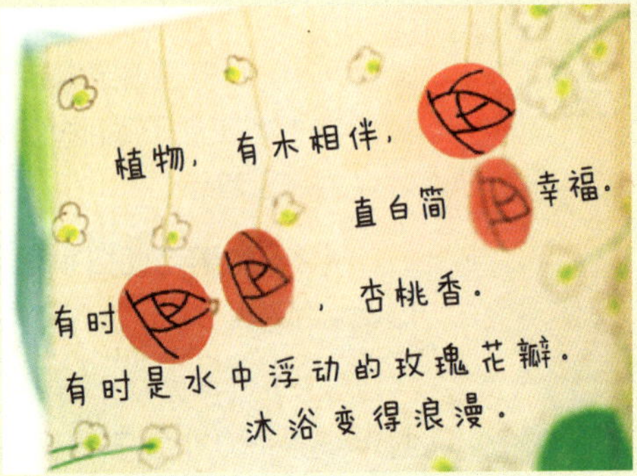

插图方式

贴纸

用贴纸装饰是制作卡片时常用的方式，缤纷的色彩总是能让画变得很漂亮很吸引人，贴纸不只是平面的，有些贴纸略为凸起，有立体感。像这件作品中的小鸟，与诗句中的黄鹤呼应，可爱极了。

诗练习

文字的加减游戏

加减诗有趣的地方，是在加字与减字之间，产生文学变化。比如像叠罗汉似的宝塔诗，是每一行多加一个字，使外形像金字塔。另一种玩法是运用文字本身的拆与合，延伸出不同意义，比如"人""可"合起来是"何"，"许"拆开来是"言""午"。将有趣的加减诗写在展示盒中，盒子打开可完整呈现。

1 宝塔诗

宝塔诗，顾名思义，文字排列起来像高塔，又称"阶梯诗"。它也算"图像诗"的一种。古代的基本玩法是第一行是一个字，第二行为两个字，依此类推写七行诗。例一是清代吴敬梓的《儒林外史》中一首嘲讽落拓书生的宝塔诗。例二为王淑芬仿作的诗。进阶的玩法是写出数座宝塔（层数相同），连成锯齿状，但最底下一排必须能连成一句诗。

例一

呆
秀才
吃长斋
胡须满腮
经书不揭开
纸笔自己安排
明年不请我自来

例二

黑
入夜
万物静
五更未明
独自想事情
喜怒哀乐排队
一一上门讨咨询

2 拆字诗

依照字形来拆解，比如“休”是“人＋木”，用这三个字便可写成一句：“闲人坐木下，休憩半刻。”依此原理，诗的每一句都用这方法写成。例一是南宋时期的作品，“明”可拆为“日＋月”，“岚”可拆为“山＋风”，其余句子的拆解原理皆相同。还有人写出“张长弓，骑奇马，单戈合战（戰）。嫁家女，孕乃子，生男曰甥”这样的有趣拆字联呢。例二为王淑芬仿作，其中，“明＝日＋月”，“俱＝人＋具”，“料＝米＋斗”，“诗＝言＋寺”。

例一

日月明朝昏，山风岚自起；
石皮破乃坚，古木枯不死。
可人何来当，意若重千里；
永言咏黄鹤，志士心不止。

例二

大地明亮是因为日与月，
何人具备多少能量，俱是天意。
虽然几斗米，料理不出伟大的日常，
但在古寺旁的言语，让今天开始有了诗（詩）意。

试着写写看

试着将“许、多、甜、鲜”这几个字拆开，再写成一首诗，四个字的顺序可改变。

3

合字诗

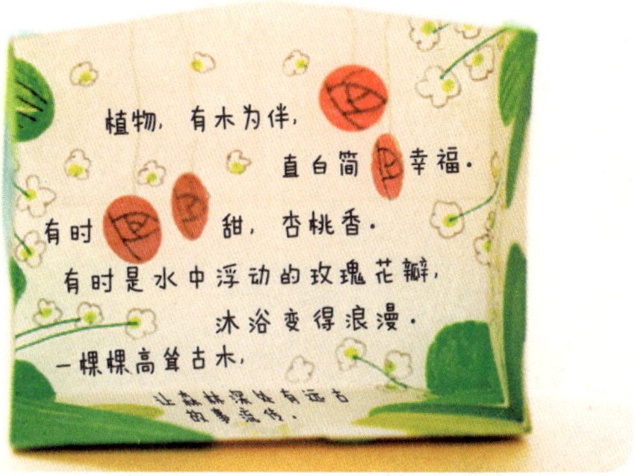

合字与拆字不同之处是：合字是用某个字当基本字，再加上其他笔画合成别的字来写诗。比如例一为明朝沈启南的《咏田诗》，以“田”为基本字，“田＋系”合为“累”，“田＋心”合为“思”等。例二为王淑芬以“木”加上其他笔画，合出“植、杏、沐、森”等字，仿作合字诗。你可以先找本字典翻翻，找出一个基本字，依此触发灵感。

例一

昔日田为富字足，今日田为累字头。
拖下脚时成甲首，伸出头来好自由。
田安心上长思想，田在心中虑（慮）不休。
当初只望田为福，谁料田多垒垒（壘壘）愁。

例二

植物，有木为伴，直白简单的幸福。有时是口中甜，杏桃香。
有时是水中浮动的玫瑰花瓣，沐浴变得浪漫。
或是，一棵棵高耸古木，让森林深处有远古故事流传。

有木为
中甜，
浮动的
沐浴变
木，
流传

植物，
有时是口中甜，
有时是水中浮动的
沐浴变得
一棵棵高耸古木，
以森林深处有远古
故事流传。

读起来真好听

关键词：押韵　节奏

记得小时候写诗，首先学到的方法便是押韵，尤其练习写古诗词时，还得千思万想，甚至查阅字典，找出可以押韵的字。有押韵，读起来会十分悦耳，感觉到统一和谐的效果。

诗大部分是分行写的（当然，现代不强调一定得分行），因此每行之间，如果有特意安排，朗读起来便会像音乐般有律动感。话说很早以前，“诗”和“歌”本是一家呢。要让诗读起来动听，下列几个方法可试：

1. 押韵

这是入门方法。只要有押韵，保证读起来就是好听。比如 Part 5“剥皮诗”中的“西瓜生南国，消暑似仙果”，押“uo”韵。

2. 视觉的层次感

比如 Part 6 的“宝塔诗”，整首诗是三角形，光是看，便有种从少到多的层次感。有些图像诗，把整首诗排成图像，比如“写风筝”，便将整首诗排得像一只风筝，也属于视觉上的节奏感。Part 2 的“造词造句诗”，也是运用此法产生节奏。

3. 感觉的层次感

情感上先从较淡的，逐渐到浓（或相反）；或是时间上从先前的，讲到近期的；空间上从远方的到眼前的；让读诗的人有心理感受上的渐进或递减感，也是一种节奏。Part 2 的“6W+ 数字顺序”，运用大家数数的习惯，也有一种规律的动感。

4. 运用叠字

重叠字读起来，本来就会有加重语气的节奏，比如 Part 7 的“叠字诗”，Part 8 的“声音诗”，读起来简直像听见了敲击声呢。

5. 特殊字当起首或贯穿全诗

比如 Part 7 的“一字诗”，全诗不但每行都是“一”开头，而且都让“一”这个字穿插其间，读起来有种音韵上的趣味。

Part

07

摇摇卡

啰唆也能变有趣

打开卡片，卡片摇身一变，内容完全不同。
有趣的摇摇卡，恰巧用来写充满趣味的啰唆诗。

1 一字诗

2 叠字诗

3 啰唆诗

摇摇卡

材料与工具 一张 A4 纸、剪刀、美工刀、尺子、圆形胶带

做法

❶ A4 纸横放。

❷ 左右对折后割开。本次只需使用半张 A4 纸。

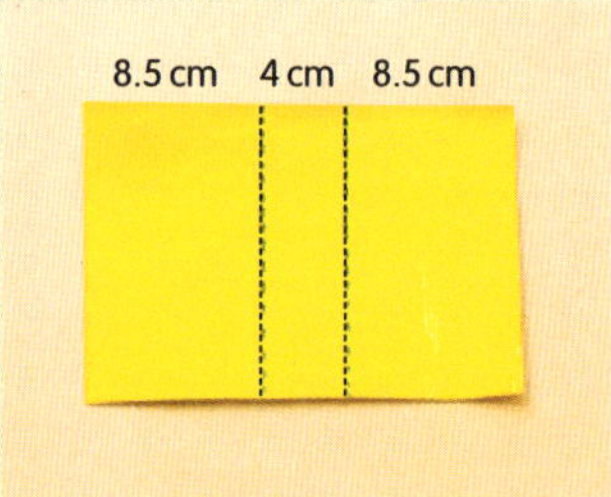

❸ 纸横放，依图示宽度画两道折线。

❹ 将圆形胶带放在左折线中央，描出左半边的内圈。

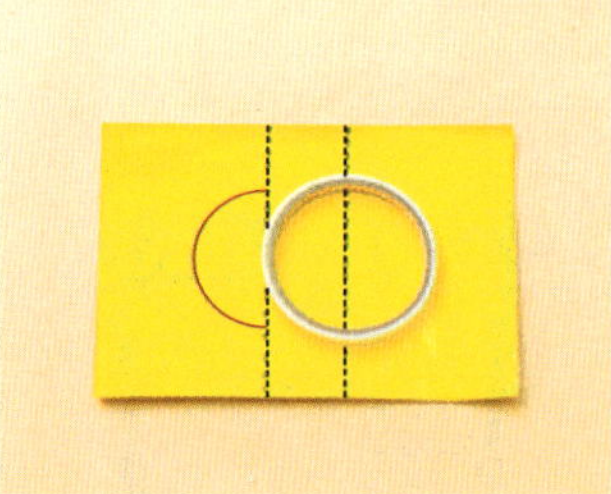

❺ 将圆形胶带放在右折线中央，描出右半边内圈。

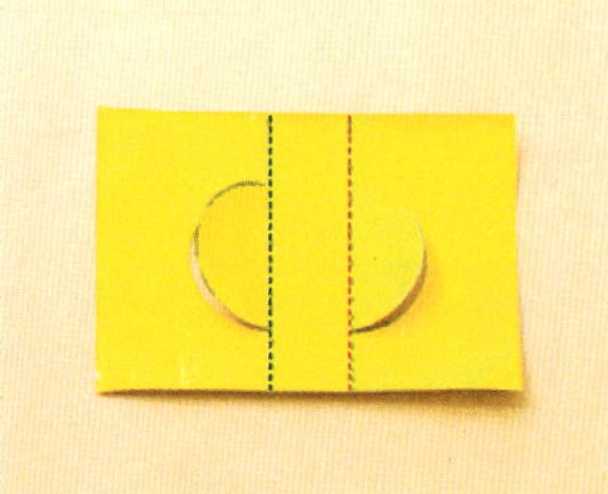

❻ 割开左右半圈（也可将纸上下对折，沿着弧线剪）。

❼ 左折线为凸起的山线，右折线为凹下的谷线。

❽ 压平。卡片正面写诗名。

❾ 打开卡片，割开处会摇一下，在内页写诗。

补充说明

步骤 4、5 可改成其他造型，比如蝴蝶形、心形、长方形（必须是对称图形）等。

延伸玩法

使用较大的纸张，做成左右两边皆可折翻的卡片，切割图一上一下错开，制造翻动的层次感。使用 8 开纸，请参考图示。

单位：cm

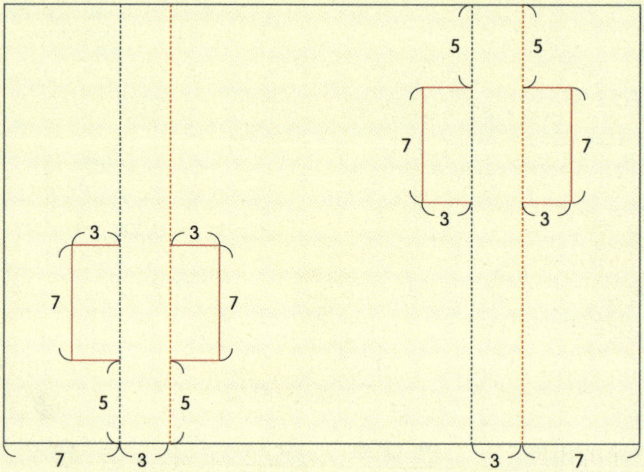

使用 8 开纸（大约是 27.2 cm × 39.3 cm），红线为切割处。

插图方式 荧光笔

荧光笔？你一定觉得很奇怪，荧光笔不是上课用来画重点的吗，怎么会拿来画画呢？其实是可以的。以这件作品为例，画面所要表现的是孤独感，所以画了一整片没有人的森林，而荧光笔的绿色非常鲜艳，刚好适合用来展现一片翠绿的森林。

重叠的趣味

利用重复的字句，以加强效果，也制造出朗读的韵味，自古便有“啰唆”式的有趣写诗法呢。把诗写在摇摇卡上，打开时，诗“摇身一变”，瞬间展现不一样的画面。

1 一字诗

例一是清代的王士禛所写的“一字诗”。整首诗都是以“一”为单位而展开。古代一字诗，通常共包含十个“一”字。例二为王淑芬仿作。

“一字诗”的现代玩法，可以随兴一点，不拘几个“一”字。如果一时没有灵感，可以运用含“一”字的成语或短语来做开头，比如一草一木、一心一意、一兵一卒、一沙一世界、一花一天堂等。

此外，还有别的类似性质的玩法。

1. 同旁诗

整首诗用相同部首的字来写。如古人所写的“浙海江深波浪流”。

2. 同头诗

整首诗都是用同一个字做开头。如王淑芬试写的“无边无际的无人夜空，无法想象你住在什么星座，无车次可抵达”。

例一

一蓑一笠一扁舟，
一丈丝纶一寸钩。
一曲高歌一樽酒，
一人独钓一江秋。

例二

一猫一狗一个我，
一方纸一杆笔，一个美丽的写诗午后。
一轮夕阳一栋远楼，一只鸽子飞在一圈光晕中，
一扇小窗收藏一屋温暖，一碗热粥拥抱一个安全感。

2 叠字诗

叠字诗即每句诗都至少包含一个重叠的字，比如“青青河畔草，绵绵思远道”。叠字运用得好，更能适当表达情绪，所以自《诗经》开始便有不少叠字诗。

宋代李清照的《声声慢》，一开头便是“寻寻觅觅、冷冷清清、凄凄惨惨戚戚”连续七个叠字。例一是唐代诗僧寒山的叠字诗。例二为王淑芬仿作。

例一

独坐常忽忽，情怀何悠悠。
山腰云缦缦，谷口风飕飕。
猿来树袅袅，鸟入林啾啾。
时催鬓飒飒，岁尽老惆惆。

例二

悄悄的一阵阵潮浪，缓缓、缓缓，
一波波打在远远的，我的记忆深深底端。
也曾花花绿绿，也曾风风光光。
行到某一站，摇摇晃晃，空空荡荡，那些形形色色，令人依依不舍，
谁又能永远津津有味飘飘然？
不想战战兢兢，脚步姗姗，
何不轻轻松松，管它炊烟袅袅，长夜漫漫。

3 啰唆诗

啰唆诗又称重复诗，是将几个同义词写成长句，但拆开来看，其实每个词都是一样的意思。比如例一是北宋时期自称“诗伯”的人所写的《宿山房即事》。乍读似乎没有什么错误，但再细读，觉得累赘：“一个、孤僧、独自”意思都是“一个人”，后面三句亦皆如此，如第四句的“杜鹃、谢豹、子规”都是布谷鸟的其他名称。故称此写法的诗为“啰唆诗”。虽说是啰唆，但也呈现一种“不断重复”的强调感与幽默感，且如果将它视为练习如何“用不同词语表达相同意思”，也算测试自己的“语文数据库”够不够用。例二为王淑芬仿作。

例一

一个孤僧独自归，关门闭户掩柴扉。
半夜三更子时分，杜鹃谢豹子规啼。

例二

孤独一个无他人，
进食果腹填肚子。
日暮黄昏夜低垂，
回忆念往想从前。

试着写写看

1. 好吃美味……
2. 飞快迅速……

独坐
常忽忽，
情怀何悠悠。
山腰云缦缦，
谷口风飕飕。

一字诗
illustration

Part 08

画框卡
有感觉的诗

轻轻拉开卡片，
一幅有立体感的画徐徐展开。
启动全身的感官与天线，
把声音美味化为视觉的美丽风景。

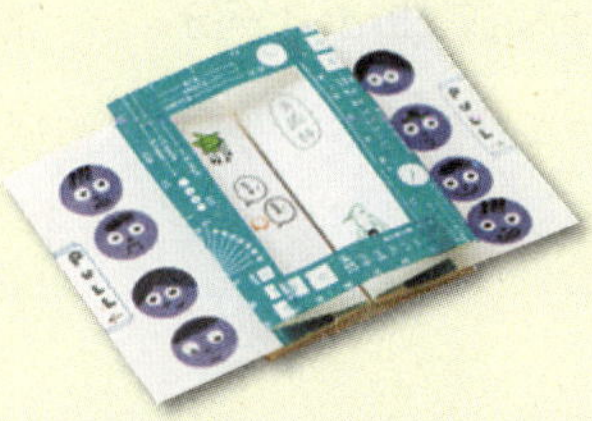

1 五感诗

2 声音诗

画框卡

材料与工具 一张 A4 纸、剪刀、白乳胶或其他胶水、尺子

做法

❶ A4 纸横放，折出 8 等份。

❷ 右向左对折。

❸ 将右边一格对折。

❹ 恢复为步骤 2，剪开右半边横线。

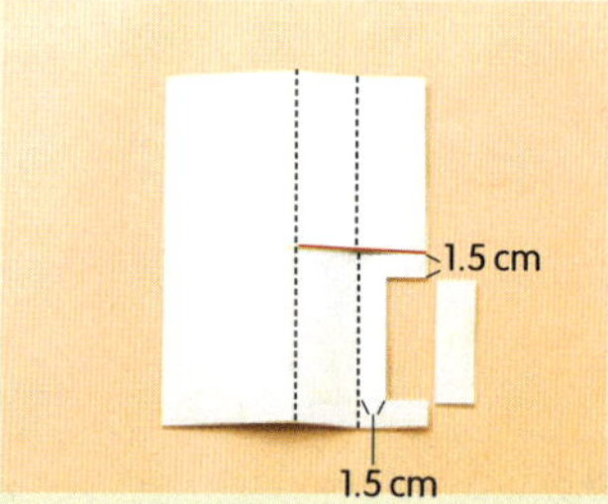

❺ 右下小格，上、左、下各留约 1.5 cm 宽的边，剪开长方形。

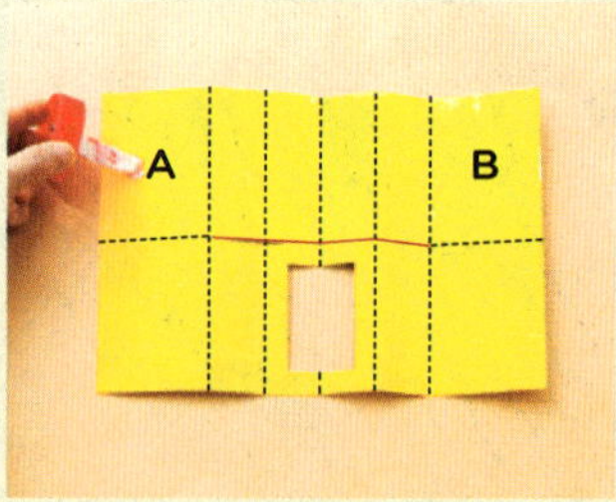

❻ 纸打开。在 A 与 B 两格涂胶水。

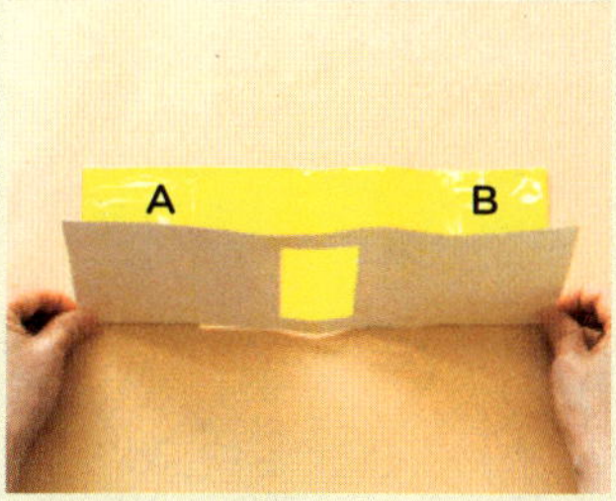

❼ 由下往上贴合。将折线折出立体框状。

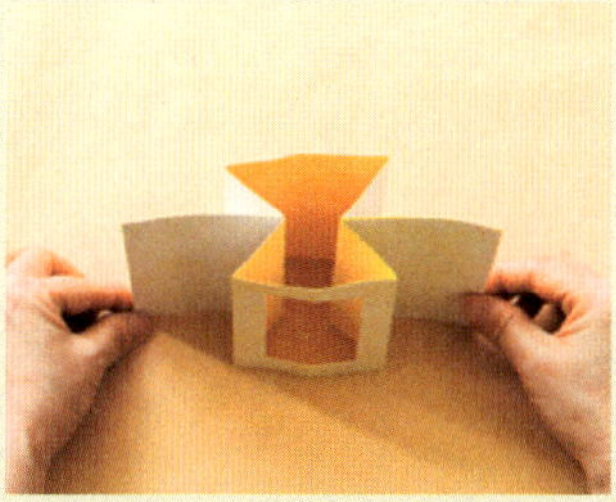

❽ 左右两边可往中间折入，压平。

❾ 压平封面，写诗名。

❿ 往两边拉开，诗写在底部画框内。

补充说明

步骤 5 的方框可自行设计出不同的形状。

叮叮叮——挂在窗前的风铃
整天对着窗外打电话
嗒嗒嗒……雨点儿在
屋顶替天空打拍子

延伸玩法

可在步骤6中，在A的右边横向加贴一条延伸出去的纸条（B的左边也可加贴，但须与A上下错开），组装好后，便可在纸条上加贴图案，拉开展示时会更有层次感。

插图方式

在贴纸上画画

有些图案比较单纯的贴纸，其实是设计来让人在上面画画的。像下图这样颜色单一、形状也不复杂的圆形贴纸，上面加了两个白点，看起来是不是很像一张脸与一双眼睛呢？试着拿笔帮他们加上表情跟头发吧！

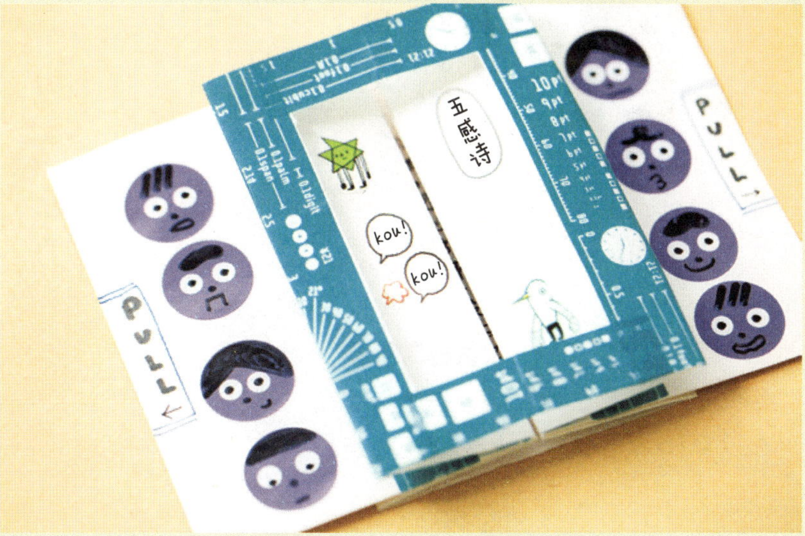

诗练习

用感官来写诗

听声音是我们感知世界的主要方式之一，我们当然也可以透过声音来表达自我的浪漫想象。在画框卡上写首“有声音”的诗，这是“无声胜有声”的“诗表演”。除了听觉，视、嗅、味、触等感觉，也可用来写诗。以具体的感觉写出的诗，通常更能激发读者的共鸣。

1 五感诗

五感指的是视觉、听觉、味觉、嗅觉、触觉。试着在一首诗中，把对某个主题或事件的感觉，以五感的方式描述出来。比如下面这首诗表达的是童话《糖果屋》里的葛瑞桃在森林里的恐惧心情。先试着锁定某个主题来练习吧。

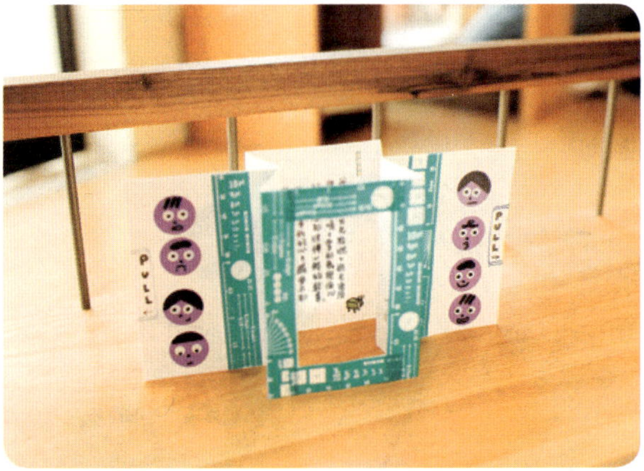

我看见了明亮的火光，
听见了几声神秘的呼唤，
尝到了无与伦比的甜和醇美，
闻到仿佛梦一般的软香。
但我摸着我的心，
感受不到家的温暖。
我看见在火光之后的绝望，
我听见不怀好意的呼喊，
我害怕下一秒，接近我的，
是枯枝手、巫婆口。

试着写写看

1. 描述考试前一天的心情。
2. 给长寿老人（或五岁小朋友）送上生日祝福。

2 声音诗

古代有所谓“禽言诗”，意思是使用与鸟类叫声相似的字词来写诗，比如杜鹃的啼声像是“布谷”，好似春天时提醒大家要“快点布谷耕种”。但“声音诗”的写法更简单，就是利用“拟声词”（即象声词）来模拟事物的声音，再在拟声词的基础扩展成诗，比如树叶摩擦会发出“沙沙沙”的声音。

沙沙沙，叶子的悄悄话，全被风听见。
叮叮叮，挂在窗前的风铃，整天对着窗外打电话。
嗒嗒嗒，雨点儿在屋顶替天空打拍子。
哗哗哗，流水散步一整天，还没决定走到哪儿。
砰砰砰，门想走进来，又想走出去。
汪汪汪，小狗对小猫说，我不懂你的喵喵喵。
当当当，午夜十二点，灰姑娘再度想起人生总会有转变。
叩叩叩，一支笔对着桌子敲门，请问灵感在家吗？

试着写写看

1. 喵喵喵
2. 咚咚咚

沙沙沙
叶子的悄悄话，全被风

沙沙沙
叶子的悄悄话，全被风
叮叮叮——挂在窗前的风铃，
整天对着窗外打电话
嗒嗒嗒……雨点儿在
屋顶替天空打拍子
PULL ←

用冒险精神写诗

关键词：游戏

很多教写诗的书，在示范完各式技巧之后，总会补充一句："其实，没有人规定诗该怎么写。"一语道出诗的创作基石，便是大胆、冒险，鼓励实验，赞扬游戏精神。但是，如果只是漫无边际地说"爱怎么写都可以"，初学者会因为不知从何下手而却步，因此，我给大家提供几个玩诗的方式作为参考。

1. 玩形式

诗早已突破"分行写"这样的形式规定。现代诗中，有散文诗（像散文）、叙事诗（有故事情节）、小说诗（不但有情节，还有小说的各种技巧如伏笔等），更别提古时候早就有诗谜形式的"神智体"——最有名的是苏东坡的《晚眺》，故意把"老"字写得比较大，"拖"字顺时针旋转了 90°，"筇"字的部首的笔画写得比较细，让人猜出"老大横拖瘦竹筇"的诗句。现代人玩的"图像诗"也是如此，主题是写"鱼"，就把整首诗排得像一条鱼。

形形式式的玩法中，相对特别的可说是 Part 1 中的回文诗、联珠诗与重句诗了。

2. 玩内涵

多数的诗是有主题有内在含义的，但是可不可以"无厘头"？当然可以。就像英文中的"nonsense verse"，比如《爱丽丝梦游仙境》中的那些荒谬的文字游戏诗。

我曾写过一首《为什么我会打翻牛奶》的“牵拖诗”，硬把“结果”怪罪于八竿子打不着的“原因”，但也因而产生了诙谐的效果。

3. 玩文字游戏

也可就文字本身来玩，比如 Part 6 的拆字诗、合字诗，将某个基本字拆开或加上别的笔画，便“分身”出其他延伸出来的字，把这些字组合成诗，很有实验精神。

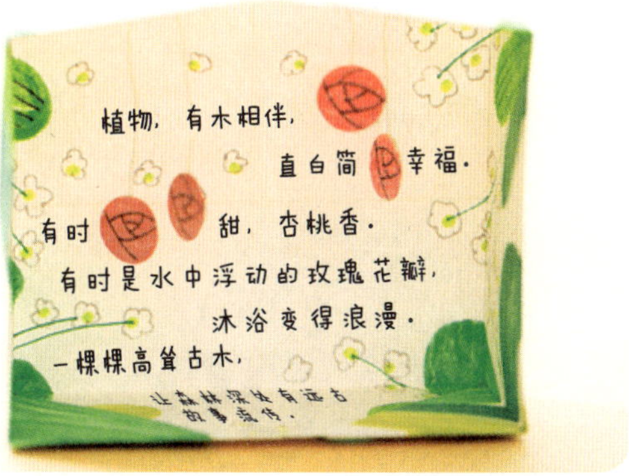

Part

09

夹心书

诗也可以一问一答

打开时以为只有两页，
没想到中间一压一开后，居然出现隐藏版的内容。

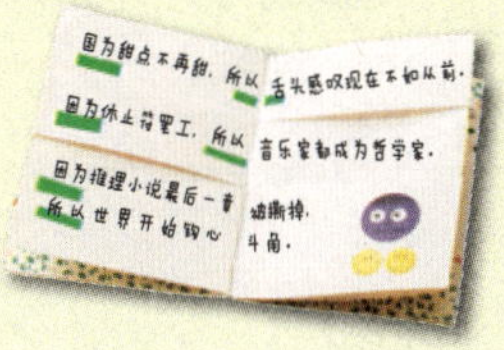

1 为什么

2 因为所以

3 猜一猜

4 比手画脚

5 广告诗

6 童话履历表

7 对话诗

夹心书

材料与工具 一张 A4 纸、剪刀、胶水

做 法

❶ A4纸横放，折为8等份。

❷ 右向左对折，右下随意剪出两道横线。

❸ 纸打开，剪开上方 3 道红线。

❹ A 与 B 的四周涂胶水。

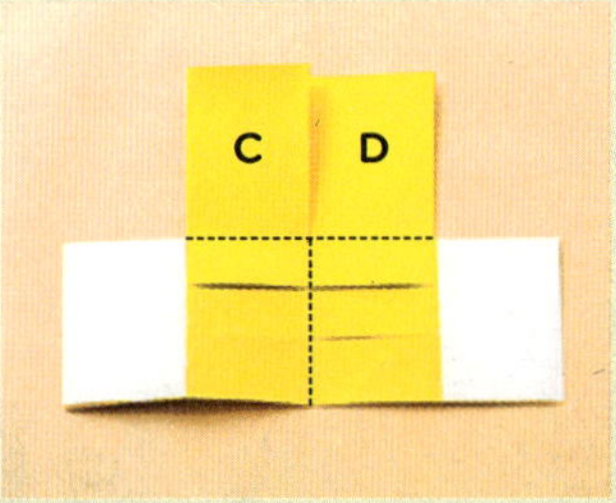

❺ A 与 B 上方的区域往下对折，贴住。

❻ C 往下穿入剪开的纸条中。

❼ 翻至背面，D 往下穿入剪开的纸条中。

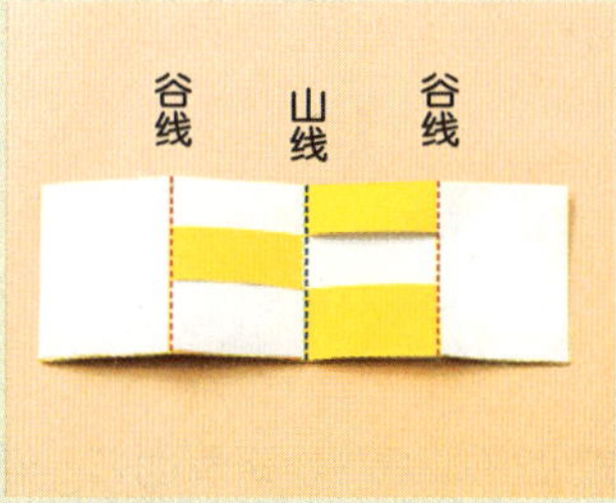

❽ 翻向正面，由左至右依谷线、山线，折成一本经折装小书。

❾ 全书合上，剪掉上方一小片纸条。

❿ 恢复成步骤 8，在中间空白页，写下诗的前半段；左右两页可画插图或写题目。

⓫ 左右两页往中间推到底。

⓬ 在中央沟槽处可翻出另两页空白。

⑬ 中央翻出的新空白页，可写下诗的后半段。

⑭ 背面也一样可以写。

补充说明

（1）此做法可写两首诗，正反面各一首。

（2）如果使用较大尺寸的纸，可在步骤 2 时多剪偶数道横线（比如剪四刀）。诗句便可一行行地写在水平格子中。

（3）诗的后半段被夹在里面，隐藏于内，所以这本书称为夹心书。

Q:
红红的，圆圆的，
但不是苹果。
Q:
白白的，软软的，
但不是棉花糖。
Q:
黑黑的，细细的，
但不是头发。
Q
远远的，小小的，
但不是星星。
香香的，
?
A
甜甜的，
?
A:
长长的，
?
A:
慢慢的，
?
A:

延伸玩法

藏在夹心的内页，在中央跨页处的上方或下方，可再加贴立体图或一本小书，打开时会有惊喜。

插图方式 纸胶带

这几年纸胶带非常流行，是手工控与“文青”的爱好，可用于普通笔记、手账，做纸书或纸卡片当然也很适合。夹心书的形式是长条形的，可以试着将整条胶带贴上，制造出一层一层的感觉；纸胶带的花色很多，每一层贴上不同的胶带，可以让画面很丰富呢。

诗练习

用问题来写诗

先设定问题，然后以一种出乎意料的方向给答案，就像“洞，是用来挖的。蚂蚁，是用来陪小孩度过一下午的”。也可反向思考，先有答案，再创意地设想它的因果关系。将诗写在夹心书里，让思考也像夹在问与答之间，灵光乍现。

1 为什么

这首诗主要是在玩“因为某样东西的本质而引发的疑问”，可以先找一个对象，再根据它的特性，对它问一道问题。比如“窗户可以打开或关上”，因此可以问“为什么你总是犹豫不决，到底想张开眼还是闭上眼？”

我想问天空，为什么长那么高，到底吃下什么补药？
我想问大海，为什么吃下那么多珍珠粉，你的脸还是皱的？
我想问抽屉，为什么想找的东西就是不在那里？
我想问草莓，为什么长满斑点却还是万人迷？
我想问星期一，为什么大家都讨厌你？
我想问自己，为什么总有一大堆问题？
我想问问题，为什么没有答案比较有趣？

试着写写看

1. 我想问小狗，为什么你……
2. 我想问外星人，为什么……

2 因为所以

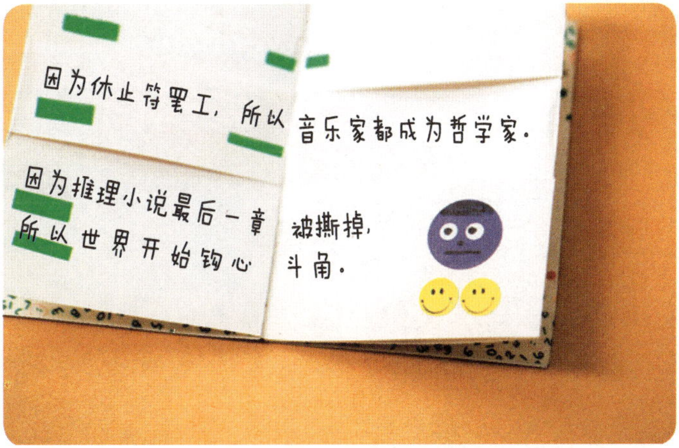

用因果关系来写诗，注重的是荒谬性与娱乐性，不要太正经与太讲究写实。可以试着先写结果，再来想原因。

因为马路喝醉，所以汽车摔跤了。
因为春天常迟到，所以冬天气得脸发白。
因为汽水太害羞，所以一出门就吓得吐泡泡。
因为红色失踪，所以粉红色比从前更傲慢。
因为甜点不再甜，所以舌头感叹现在不如从前。
因为休止符罢工，所以音乐家都成为哲学家。
因为推理小说最后一章被撕掉，所以世界开始钩心斗角。

试着写写看

1. 因为 ______________，所以方向盘迷路了。
2. 因为苹果不想被吃掉，所以 ______________。

因为

所以

3 猜一猜

这首诗的玩法跳脱一般人的第一想法，逼读者换一种思考方式。比如“红红的，圆圆的，香香的”，多数人几乎不假思索会说“是苹果”，但本诗玩法却先否定这个通俗答案，邀请读者想出其他可能。

玩法很简单，说出这样东西的三样特质，但自己先说一个否定答案。

红红的，圆圆的，香香的，
但不是苹果。

白白的，软软的，甜甜的，
但不是棉花糖。

黑黑的，细细的，长长的，
但不是头发。

远远的，小小的，亮亮的，
但不是星星。

知道答案的请举手。

4 比手画脚

玩过比手画脚游戏的人便知，这个猜谜游戏的重点是不可直说答案的，仅能描述此物的间接特点。试着以文字比手画脚，通篇不说出谜底。而且最好能以此物的特点，带出一点哲学味道。比如例一说的是猫，例二是闹钟。记得要像玩比手画脚一样，一开头先写出谜底是几个字以及属性（动物、植物、人物、生活用品等）。

例一

一个字，动物。轻轻走路，也不一定人见人爱，
据说喜爱孤独，据说九命不死。
是孤独让它九命不死，还是九命不死让它孤独？

例二

两个字，生活物品。时间一到，不让你糊里糊涂、胡思乱想。
当你对它嗤之以鼻、置若罔闻，当你完完全全超越它，不理它，不知你是赢家，还是输家？

5 广告诗

选取一样物品，以诗的手法写它的使用特性，有如广告单，但不可以说出答案。例一你猜得出来是在说圆规吗？例二你猜得出来是在说橡皮擦吗？

例一

紧紧将笔抱在怀里，记得脚要踏稳，
像芭蕾舞者一般，一只脚稳住江山；
然后用力，旋转啊旋转，
跳着永无止境的圆舞曲（华尔兹）。

例二

永远保持清白，干干净净，
永远记得认错改过。
这样的人生是否值得我
渐渐消瘦？

6

童话履历表

找一个童话角色（如下文示范的睡美人），或其他著名人物，替这角色写一份自我介绍或找工作用的履历表。如果是履历表，要记得强调这个角色的特点、专长或优点。比如本诗写的是睡美人。

我的专长是睡眠，
全世界睡觉冠军我蝉联了好几届。
我的梦又长又远，隔绝一切。
当我醒来，
保证还是远古那个不变的我，
单纯又美好。
谁想买张不失眠不老去的床，
记得找我帮忙。

试着写写看

1. 七个小矮人
2. 长发公主

7 对话诗

找两个相反关系或并列关系的词，具体的东西或抽象的名称皆可。比如红色与绿色、大与小、硬与软、甜与苦。让双方彼此对话，且试着用截然不同的角度（比如互相瞧不起和互相夸赞），去描述双方的反应。

白色对黑色说：
你看起来黝黑可怕，做了不少坏事，生病了吧。
黑色对白色说：
你看起来苍白可怜，恐怕病情不轻。
白色去看医生，
黑色也去看医生。

白色对黑色说：
你像醇黑巧克力，融出神秘迷人的故事。
黑色对白色说：
你像牛奶般的月光，香甜温暖地流淌在我眼里。

白色微微一笑，
黑色也微微一笑。

试着写写看

1. 快对慢说：你就不能勤快一点吗？
   慢对快说：你就不能悠闲一点吗？
2. 起点对终点说……
3. 清晨对黄昏说……

广告诗

Part

10

瀑布书

长长的思考诗

哗啦啦地像瀑布一般流泄的书页，
搭配绵延不绝的思考诗，竟是如此契合。
拉一下，哗啦哗啦，
将美好的心意，传递给身边亲爱的人。

1 借东西

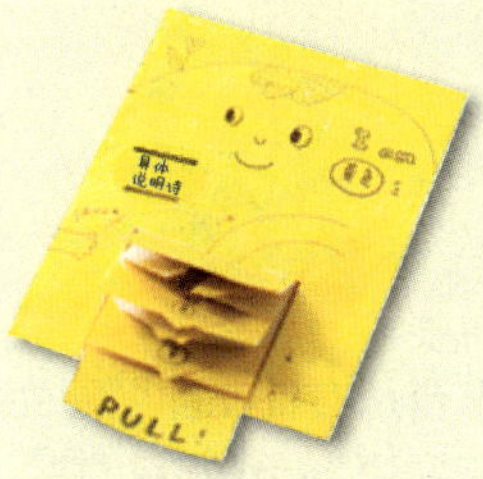

2 具体说明诗

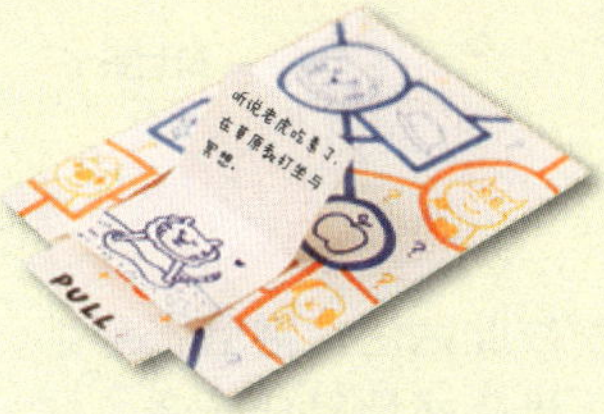

3 背叛诗

瀑布书

材料与工具 一张 A4 纸、剪刀、白乳胶或其他胶水

做法

❶ A4 纸横式对折割开。

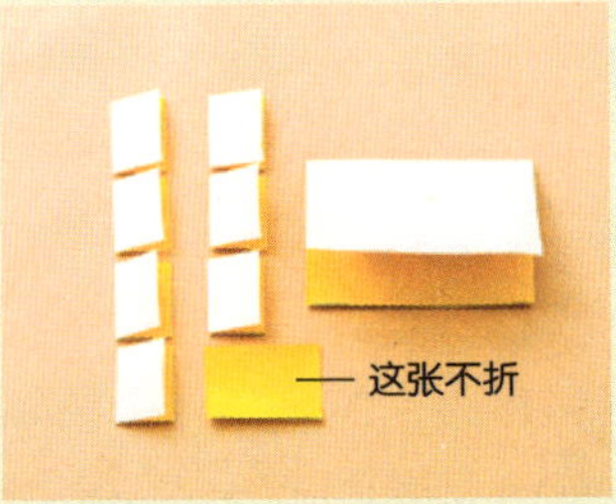

❷ 左半张以横式对折割开成八小张，当瀑布内页，将其中七张对折。右半张对折当底纸。

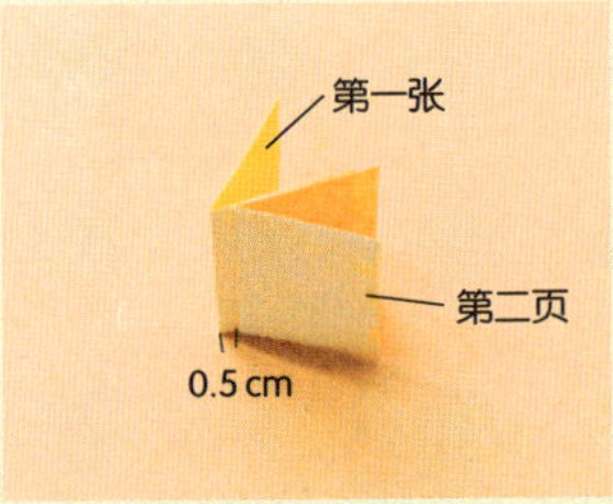

❸ 内页第二张与第一张相距约 0.5 cm 错开粘贴，开口边都朝右，对折边在左。

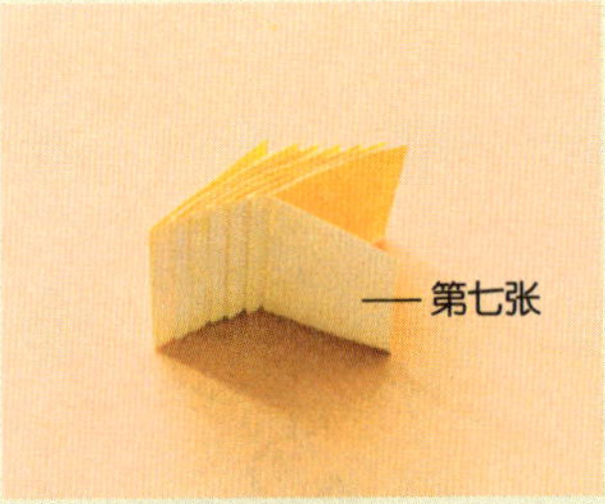

❹ 依此贴法，将七张全部错落式地贴成一沓，此为瀑布内页。

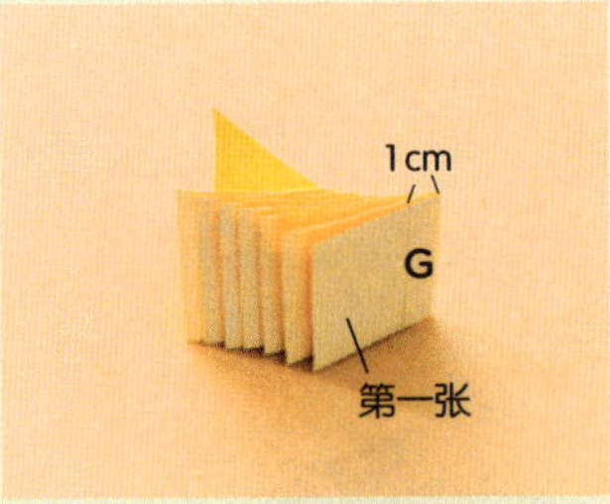

❺ 整沓从右往左翻至背面，距右边 1 cm 处写“G”，未写“G”处涂胶水。

❻ 将步骤 2 未对折的第八张内页，贴在 G 处的左边。

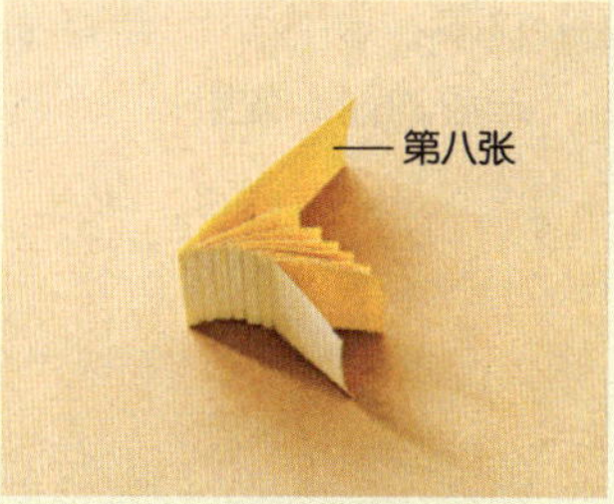

❼ 翻回正面的俯视效果。

❽ 整沓内页顺时针转 90° 变长条形。在最后一张底部写“拉”字。最上面一张往上翻开，上半部写“A”。

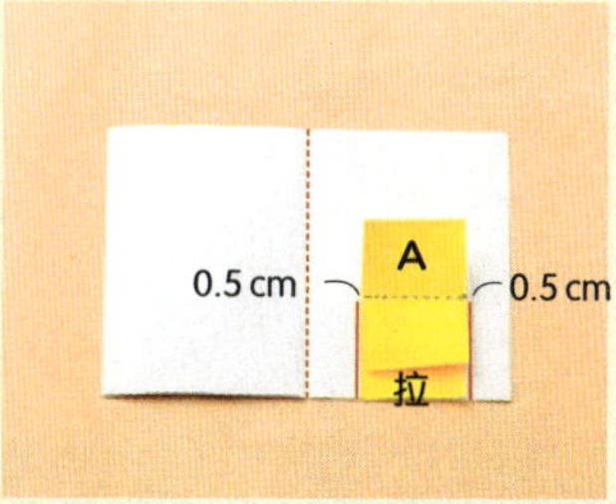

❾ 将内页放在底纸对折线的右边中央，底部对齐。在瀑布内页的左右边画直线。长度如图中红线所示。

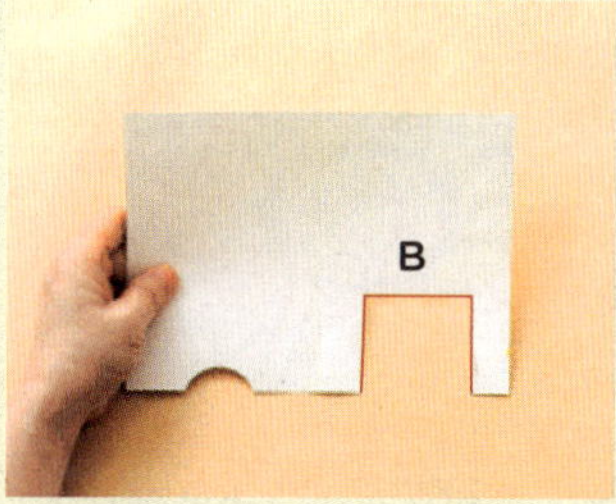

❿ 底纸沿红线割出洞口。左边底部可剪半圆缺口，方便拉动。

⓫ 把步骤 10 割下的纸，贴于整沓瀑布内页的背面上方（G 处），交接处用透明胶带贴牢。

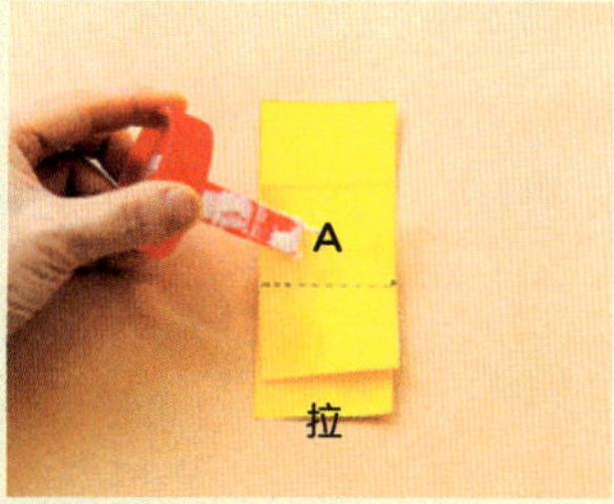

⓬ 在 A 上涂胶水。

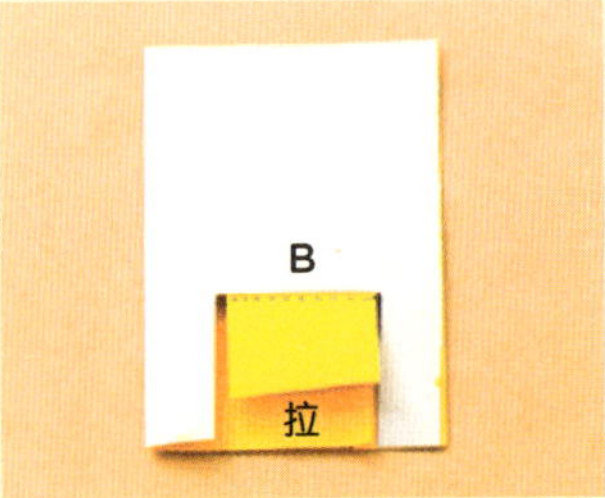

⑬ 底纸对折，将 A 贴在 B 底下。

⑭ 底纸的两层纸沿红线处贴合，拉动处不可贴。

⑮ 往下拉动内页，会有瀑布般的翻动效果。

补充说明

（1）将诗句分行写于每一张小折页。

（2）本折纸因为需要拉动，建议使用较厚的纸，不可用太薄的打印纸。

（3）只要设计好图案的位置，本折纸还可做成翻页动画书。

苹果吃了芒果，
小狗遛着小丑，
PULL↓

延伸玩法

❶ 另剪 6 cm × 6 cm 正方形折印纸共六张，如图折出凸出的蓝色山线与凹下的红色谷线。

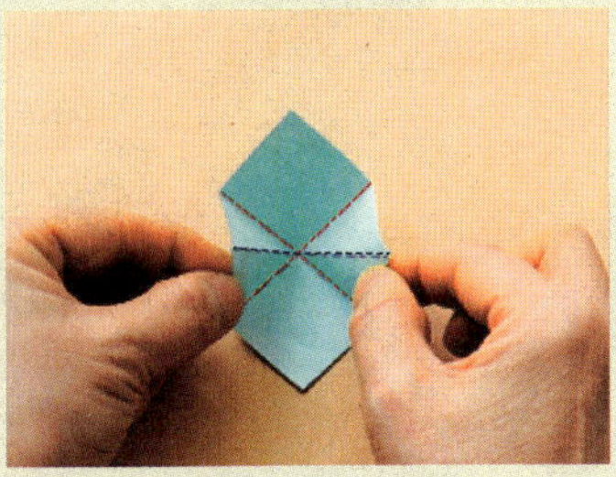

❷ 依山线、谷线折成小菱形。

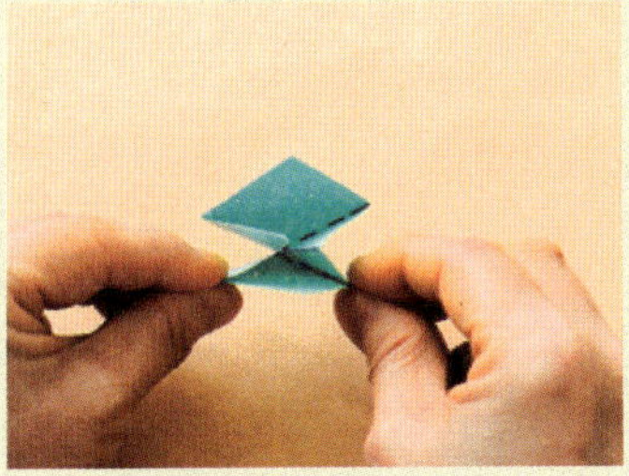

❸ 小菱形的上下贴在每一张内页的中央折线上方与下方（左右不能贴）。

❹ 每页拉动时，小菱形会呈现翻动的开合效果。

插图方式

用彩色铅笔作画

拜着色书之赐，彩色铅笔是最近很红的绘图工具，迷上着色书的大小朋友，几乎人手一盒。彩色铅笔的色彩不像水彩笔那样直接，看上去淡淡的、雾蒙蒙的，可用不同颜色制造层次感，也可在同一画面上，用同一色系但深浅不同的颜色，创造美丽的氛围。这本瀑布书上的深深浅浅的绿色，是不是很诱人呢?

诗练习

从特点来发挥的诗

从某个对象的特点去反方向想、顺着想、从象征意义想，或让两个特点对立的主角对话。这样的思考和写法算是一种“深入挖掘”式的思考和写法。将诗写在瀑布书上，阅读时必须拉动，翻页间呈现出相同主题的多元面貌。

1 借东西

向一个具体的对象借用它的象征或特性，比如向白色借单纯，向孩子借天真，向桌子借安定稳重等，再将这些句子组合成诗。

我向天空借一袋辽阔，
我向夏日沙滩借两匙火，
我在闹哄哄的七里花香中大声问：
可不可以借一点儿香喷喷的快乐？

我把辽阔、火与快乐，
装进向风借来的翅膀，
飞走，飞走，飞走。

试着写写看

1. 向猫咪借不问世事的淡然。
2. 向大树借可以跟风握手的指尖。
3. 向书本借 ______________，向瀑布借 ______________，
   向蚂蚁借 ______________。

2 具体说明诗

选取一个主题，比如本例为“颜色”；练习以各种十分具体的东西或事情来形容此色彩，最后再写一句结论。例一的主题是“绿色”，例二的主题是“黄色”。

可将“颜色”更替为其他主题，比如“坚硬”“甜蜜”“苦涩”“明亮”“阴暗”等。

例一

深不可测的潭水那样神秘的绿，
百年老榕张开手伸懒腰那样澎湃的绿，
小黄瓜那样翠美的绿，
刚下过雨草地上那种新净的绿，
小猫眼里微微闪亮、慧黠的绿，
我爱上各式各样的绿。

例二

蛋白小心抱住怀里圆满的黄，
橘子十分得意身上饱满的黄，
太阳很大方分享散发出的暖黄，
大地负责任地铺满稳重的黄。
黄色于是觉得自己可以当选好人好事代表。

试着写写看

1. 寂寞：一本收集了百年灰尘的书那样的寂寞……
2. 温暖：五百瓦灯光那样的温暖……

3 背叛诗

试着“违反”“背叛”每一样东西的特点去写诗，比如老虎吃素、太阳冬眠。由于内容“颠倒黑白”，往往能产生趣味十足的画面，而且也考了自己大胆的想象能力。试试自己敢不敢不管一切，“胡说八道”。

听说老虎吃素了，在草原教打坐与冥想。
听说剪刀出家了，紧闭的双唇抿成微笑。
听说字典老年痴呆了，空白的纸页什么都不知道。
听说牛奶喝了杯子，帽子戴了猴子，
苹果吃了芒果，小狗遛着小丑，
听说这就是猫咪当选总统以后的结果。
而白天整天闭着眼打瞌睡，希望睡成黑夜般的健康美，
听说每道墙壁都长出耳朵，准备听说，但这一切只是听说。

试着写写看

1. 听说钢琴哑口无言了……
2. 听说狮子去学瑜伽了……

让读者也有事做

关键词：互动与留白

“诗的小学堂 1”提到，用具体来比喻抽象，营造出诗的意象。但更高明的做法是比喻之后，让读者还要想一想，脑筋转个弯，才会豁然开朗：“啊，原来是这样！”就像有些画，艺术家不会将整张纸都画满，留一些空白处，让看画的人自行调整出画的平衡感。在不那么挤的画中，观者反而畅快地悠游其间。也像有些小说，偏偏不告诉读者结局，让读者反复思索，留有余味。

诗的互动，目的是让读者有参与感，并非听诗人的独白。诗的留白，意思是不把意思说白、说满，拐弯抹角，读者也才有剥洋葱式地解开谜底的满足，或猜题解题的畅意自由。

互动与留白的方法举例如下：

1. 提问或猜谜

提出问题，却不给解答，比如 Part 9 的“猜一猜”“比手画脚”，邀请读者思考答案，是最简单的“让读者有事做”的留白法。有些现代诗人，会故意在诗中留空格，让读者填字；有个诗人曾用“连连看”的玩法，让读者自己将两个词相连，所以每个人读出来的诗皆不同。

2. 用典故写

典故，意思是诗文中大家熟悉的故事。比如“三顾茅庐”，多数人知道那是汉末刘备想要请诸葛亮出来协助国事，于是有“诚恳拜托”之意； 据说李白捞月而溺毙，若在诗中写到此事，则有“为浪漫而舍身”的意思。总之，引用某个典故而不直说，让读者自己对照典故来理解诗中想表述的情感，等于读者的脑筋需要多转个弯。比如 Part 3 的“动物植物食物人物”用了小飞侠的典故，Part 8 的“声音诗”中则用了灰姑娘的典故。

3. 反写

有点像是反讽，比如明明要讲抽烟不好，却刻意夸奖抽烟的好处，用反面来主张正面。读者乍读时，必须自行翻转，才能得知真意。比如 Part 3 的“动物植物食物人物”写着“春蚕在桑叶上写我的志愿”。春蚕是吃桑叶的，吃完就要吐丝结茧，终其一生，也就是吃着吃着然后完结一生，这样又能有什么“伟大志愿”呢？因此这句“蚕吃桑叶，却以为在写着生命的远大志向”具有反讽意味。

另外有一种方法，是采用对比方式，让主题脱颖而出。比如，写一个人的孤寂感，如果写“空无一人的街道，到处是红灯，我等着，没有人走过”，全诗“一个人”和“空”的感觉很明显。但如果改成“十字路口，人流，车流；车走，人走。绿灯了，我没走”，那种与众不同的孤寂感其实更强烈，在热闹氛围中，反而写出无法与人同行的寂寞。

不多想了，找张纸，剪与折，然后提笔写吧。为自己而写，这是属于一个人的欢乐庆典。

愿你从此喜欢上折纸和诗，

爱上手作和奇思妙想。